大展好書 好書大展

大展好書 好書大展

精選系列 14

兩岸衝突

新・中國-日本戰爭(二)

森詠著
林雅倩譯

大展出版社有限公司
DAH-JAAN PUBLISHING CO., LTD.

目錄

●主要登場人物●

日本

〈北鄉家〉

北鄉正生　父　外務省顧問　到年齡退休　擔任財團法人　國際開發中心理事
　美智子　母
譽　外務省北京日本大使館一等書記官
涉　海幕幕僚　三佐
勝　自由譯員　曾到上海大學留學
弓　希望成為畫家　在北京大學文學部學習比較文學科

〈政治家、官僚〉

濱崎　茂　首相
北山　誠　內閣官防長官
青木哲也　外相
鯨岡　護　外務省事務次官

辻村　彰　外務省情報局長

吉崎和彦　外務省官房長

八代曉雄　外務省審議官

栗林　勇　防衛廳長官

向井原一進　內閣安全保障室長　前統幕議長

〈自衛隊〉

河原端大志　統合幕僚會議議長　陸將

佐佐岡　茂　統幕副議長　陸將補

新城克昌　統幕作戰部長　海將補

波多野利之　陸幕長　陸將

海原行雄　空幕長　空將　戰略家

辻下直人　二等陸佐　統幕作戰課員

石上孝司　二等空佐　統幕作戰課員

中國

〈劉家（客家）〉

劉達峰　祖父　八陸軍上校
劉大江　父　人民解放軍海軍少將　海軍參謀長
　玉生　妻
　小新　長男　人民解放軍陸軍中校
　曉文　長女　事務員
　汝雄　次男
劉重遠　小新的叔父　香港實業家
　進　北京大學學生　叔父為劉大江與劉小新為堂兄弟

〈中國共產黨、政府〉

江澤民　國家主席、總書記、中央軍事委員會主席
喬　石　全人代常務委員長
李　鵬　總理
劉華清　中央軍事委副主席　海軍上將
張　震　前中央軍事委副主席　陸軍上將

〈總參謀部作戰本部（民族統一救國將校團）〉

秦　平　陸軍中將（新任）　總參謀部作戰部長　新黨政治局員　新中央軍事委員

楊世明　陸軍上校（上級大佐）　作戰室長

周志忠　海軍上校

賀　堅　陸軍上校

何　炎　空軍上校（大佐）

黃子良　陸軍上校　作戰主任參謀

郭英東　陸軍中校　劉小新陸軍中校的同學

卓康勝　空軍少校

〈其他〉

顧永建　香港人　香港黑社會『紅龍』的老大

于正剛　廣州人　前為軍人現在是實業家，暗地裡從事走私生意

安　龍　神秘男子　救國將校團的代理人

王　蘭　王中林的女兒　暱稱小蘭

台灣

李登輝　總統　國民黨
呂　玄　行政院院長
薛德余　外交部長
謝　毅　國防部長　軍政
朱孝武　參謀總長　軍令
錢建華　負責安全保障問題的輔佐官
袁元敏　國民黨顧問　是長老級人物
羅少佐　神秘男子　台灣諜報機關的頭子

〈劉家(客家)〉

劉仲明　中華民國軍准將　劉小新的叔父
　萬理　台灣空軍中尉
　文志　美國ＭＩＴ留學生
　莉莉　大學生

美國

懷德辛・普森　總統　共和黨
約翰・吉布森　國務長官　新門羅主意者
巴納德・格里菲斯　負責安全保障問題的總統特別輔佐官　對日穩健派
多納爾德・海因茲　國防長官
湯瑪斯・賀南　國家安全保障局（NSA）局長　前美韓聯軍司令官
艾德蒙德・加納　CIA長官

俄羅斯聯邦
黑龍江
黑龍江
黑龍江省
松花江
庫倫
哈爾浜
汗卡湖
海参威
瀋陽大軍区
長春
吉林省
内蒙古自治区
北京大軍区
瀋陽
朝鮮民主主義
人民共和国
呼和浩特
遼寧省
平壤
北京
天津
日本海
銀川
河北省
渤海
旅順
太原
漢城
回族
治区
石家荘
黄河
山東省
大韓民国
山西省
済南
黄海
青島
(北海艦隊)
済南大軍区
西安
鄭州
日本
陝西省
河南省
江蘇省
合肥
南京
上海
湖北省
武漢
安徽省
東海
杭州
長江
寧波
(東海艦隊)
南京大軍区
南昌
長沙
洞庭湖
鄱陽湖
浙江省
貴州省
湖南省
江西省
福建省
福州
台北
太平洋
広州大軍区
廣東省
廣西壯族自治區
廣州
台湾
南寧
西江
澳門
香港
湛江
(南海艦隊)
南海
0
500
1000 km
海口
海南島
海南省
菲律賓

中國全圖與各大軍區
貝加爾湖
哈薩克
塞桑湖
巴爾邦湖
蒙古
吉爾吉斯
烏魯木斉
伊希克克里湖
新疆維吾爾自治区
蘭州大軍区
青海湖
寧夏
自
西寧
青海省
蘭州
巴基
斯坦
瀾滄江
甘粛省
西藏自治區
尼泊爾
拉薩
怒江
四川省
加德滿都
成都
錫金
金沙江
不丹
成都大軍区
印度
邦格拉迪休
貴陽
雲南省
昆明
達卡
緬甸
越南
河內
湄公河
孟加拉灣
塔希爾溫河
泰國
寮國
紅河

第一章　臺灣海峽波濤萬丈

琉球、與那國海域　七月二日　上午九時二十五分

眼下是一片湛藍的海洋。直到遙遠另一端的地平線為止，萬里無雲，天氣晴朗。綠色的海洋上面可以看到點點拖著白色航路軌跡航行的帆影。是在西南航路上航行的油輪和貨船。

「告知現在地點。」

「北緯二四度五十分、東經一二三度三十分。高度一七〇〇公尺。」

琉球第五航空群第九航空隊的對潛巡邏機P—3C在與那國西方二十公里海灘上空飛行。

機長是一等海尉外間，表情緊張地凝視海面向基地報告。在斜下方可看到十萬噸級的巨型油輪緩慢航行。船尾桿上的日本國旗迎風飛揚。

是航向日本的巨型油輪。船身下沉到吃水線，表示載滿了原油。而在巨型油輪後方七公里處也有五萬噸級的貨櫃船航行。

『還沒有找到目標嗎？』

來自基地的無線電詢問。

「還沒有找到。完畢。」

拼命地在找尋，你安靜一點吧！外間一尉關掉無線電的開關。

對潛巡邏機P—3C獵戶座是以美國洛克希德飛機公司民航機依列克特拉為原型機的飛機，搭載大型電子計算機以及各種對潛探測裝置，現在日本海上自衛隊共有九七架這種飛機。

八八年以後的P—3C比較美國海軍的更新Ⅲ型，為音響信號處理提升型，提升了對潛能力。

P—3C的主要資料如下。

全長三五・一七公尺、全寬三十・四公尺、全高十・三公尺。自重二七・八九噸。總重量六一・二三五噸。引擎搭載四架渦輪螺旋槳型引擎。每一架的引擎出力為四五九一馬力。最大速度時速七六〇公里（高度四六〇〇公尺）。巡航速度時速六〇六公里（高度七六〇〇公尺）。失速速度時速二〇七公里。上升限度八七八〇公尺。續航距離六五〇〇公里。行動半徑三二五〇公里。

組員十名，包括正、副駕駛，以及三名航空機械師、兩名調整戰術的戰術航空師、兩名對潛要員、雷達負責要員、武器負責要員、機上電子整備員各一人。

武器包括追蹤魚雷、對潛水雷、機械水雷等收藏在機艙內。而主翼的根部及翼端的硬點有搭載最大六二二〇公斤魚雷、對潛炸彈、水雷等的能力。

「左旋轉。」

外間一尉告訴副駕駛杉浦三等海尉左旋轉。

操縱舵輪稍微朝左轉。機翼傾斜。引擎怒吼。機體朝著海面下降，同時通過油輪的上空。

高度一五〇〇公尺。

「要通知油輪嗎？」

杉浦三尉問。

「好，為了小心起見，發出潛水艇警戒警報。」

「了解。」

杉浦三尉使用緊急用的周波數向油輪發出警告。

「到底在哪呢？」

杉浦三尉重新戴好太陽眼鏡，凝視著窗外的大海洋。在遠方可以看到與那國朧的島影。而相反側水平線那端則是臺灣的陸地。外間機長下達命令。

「一號、四號引擎，順槳準備。」

杉浦復誦。襟翼朝下，感覺襟翼具有飛揚力。慢慢拉開風門桿。

「順槳縱搖開始。」

「開始了。」

杉浦三尉關掉第一、第四引擎。一號、四號引擎停止，螺旋槳開始空轉。推力減少。二號、三號引擎出力提升。一號、四號螺旋槳停止。

順槳是指停止搖槳保持平行，不抵抗、不違背水流方向的狀態。

P—3C在空中停止引擎，利用油壓，保持順槳縱搖與空氣的流動成平行，避免空轉。這樣就能緩和空氣抵抗，保持飛機的穩定性，能夠利用低速低空的方式展開搜索敵人的活動。

高度再下降，接近海面了。

「絕對可以發現的。」

知道這個海域潛藏著潛水艇。

警戒琉球海域的音響測定艦AOS「梁間」掌握訊息，知道在與那國周邊海域潛藏不明國籍的潛水艇。而接到通知後，在附近海域巡邏的外間機率先到達此地。

近年，由於潛水艇非常發達，因此海上自衛隊在廣大區域巡邏，為了收集音響資料而保有音響測定艦AOS。

音響測定艦AOS「梁間」，是繼同型艦「響聲」就航的第二艦。

基準排水量二八五〇噸，全長六十七公尺，寬二九・九公尺，深度十五・三公尺，吃水七・五公尺。

「梁間」的船型為小水線面積雙胴船型（SWATH），能夠極力控制因波浪造成的搖晃。裝備與美國海軍的同型艦相同，採用SURTASS系統，拖著一・八公里的錨索，錨索的前端有長五公里的聲納佈署，以三節低速曳航，可以追蹤到距離數百公里遠的潛水艇的動態。

飛機搭載的ESM（電波探測裝置），也能在瞬間掌握敵人的雷達電波。目標物為了警戒ESM，可能雷達波只會繞全周一次就趕緊收天線了。所以行動非常地

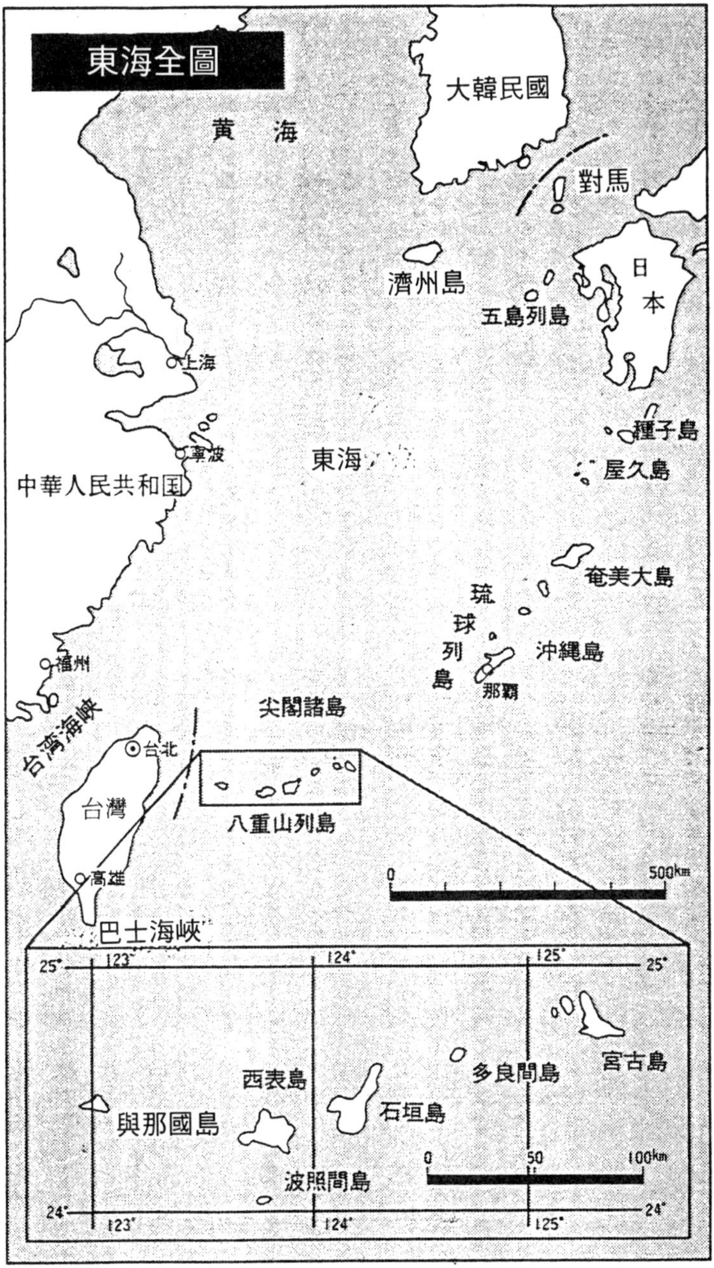
東海全圖
大韓民國
黃　海
對馬
濟州島
日
本
五島列島
上海
寧波
東海
中華人民共和国
種子島
屋久島
奄美大島
琉
球
列
島
沖繩島
那覇
福州
台湾海峽
尖閣諸島
台北
台灣
八重山列島
高雄
0
500km
巴士海峽
123°
124°
125°
25°
24°
宮古島
多良間島
西表島
石垣島
與那國島
0
50
100km
波照間島

隱密。

但這到底是哪一個國家的潛水艇呢？是北韓？中國？還是俄羅斯海軍的潛水艇呢？或者是臺灣或鄰近諸國的潛水艇呢？

外間機長們的任務，就是要去除潛藏在航路海域的威脅。因此監視航路海域的潛水艇，牽制其行動，一旦侵入日本領海時就要強制排除。

根據來自「梁間」的報告，目標到底是核子潛艇還是普通行動力潛艇的音響不明。但是，既然是出沒在海上補給路線的潛艇就必須視為敵人，加以對付才行。

ＡＳＷ（對潛水艦作戰）。是海上自衛隊的主要任務之一。

外間機長命令在後部室的戰術航空士。

「高度一〇〇〇公尺。」

「準備投下聲納浮標。」

『聲納浮標準備。』

透過接收機，由戰術航空士復誦。

外間機長保持飛機的水平飛行。

聲納浮標是ＡＳＷ（Anti Submarine Warfare＝對潛水艦作戰）之一。

現代ASW應該稱為 Mission Avionics，也就是需要運用到頭腦的作戰。而 Avionics 就是航空機所搭載的電子機器。

獵戶座備有A—New機上系統。這個系統是採用一般數字機上電腦能自動進行「探測」、「識別」、「追蹤」、「侷限位置」、「攻擊」等五階段的ASW。而且能夠連絡地上的ASW作戰中心，或護衛艦隊的戰術資料系統為高科技系統。

ASW首先從「探測」開始。但是也不容易。

普通型潛水艇為電池式動力，因此，電池容量到達一定界限不能長時間潛行。夜間必須浮到海面上讓引擎空轉充電才行。

因此，可利用對潛雷達掌握浮到水面上的潛艇而加以攻擊。

但是，為了對抗，於是潛水艇備有通氣管裝置，不必浮上來，只要讓通氣管浮出海面上，引擎就能夠轉動。

而核子潛艇，必要的話，潛水艇幾個月都不會浮上來，可以一直在海中潛行。

如此一來，無法到達水中的雷達波，當然沒有辦法幫助發現潛水艇。取而代之備受重視的就是ESM（電波探測裝置）。

作戰中的潛水艇一定要和司令部或者和基地通訊。為了通訊潛水艇必須要將天線升到水面上。而且為了探測身邊是否有敵人，也必須要送出雷達波。而能夠掌握雷達波的就是ESM。

但是，現在的潛水艇非常地優秀。為了對付，於是就算升出雷達天線也只不過是全周繞一次就停止運轉。所以就算使用ESM，也很難掌握潛水艇的位置。

更糟糕的就是，連潛水艇也備有ESM，能夠掌握對潛飛機或者是驅逐艦所放出的雷達波，趁早得知敵人的存在而逃之夭夭了。

像這種利用ASW在以前和現在發揮極大力量的，就是使用聲納光（音響探測機）的探測方法。

聲音在密度較大的水中，比密度較小的空氣中具有傳得更快更遠的性質。在空氣中常溫下秒速三四〇公尺的音速，在水中秒速達到一五〇〇公尺。電波無法到達水中，音響可以代替電波發揮作用。而「聲納浮標」就是利用聲納來探測的方法。聲納浮標是浮標裝上水中麥克風，可以聽到海中聲音的裝置。

聲納浮標分為無源聲納浮標，及有源聲納浮標兩種。

前者本身不發出聲音而是豎耳傾聽外面的聲音，後者則是自己發出音波，掌握反射音來分辨出潛水艇所在的裝置。

為了調查潛水艇的所在，首先要以一定的間隔在廣泛的海中投下無源聲納浮標，探測當地海域的聲音。

一條聲納浮標可以掌握的範圍非常地廣泛。

一旦投下浮標與浮標的間隔為三十英里（約五十五‧五公里），假設在海中放了十六條聲納浮標的話，則整個四國範圍的海域都可以涵蓋。然後再從十六條聲納浮標所得到的海中音去分辨潛水艇特有的聲音。

順序就是，先將由聲納浮標麥克風收集的聲音隨著電波傳到在上空飛行的巡邏機上。而用電腦來分析這個聲音，來判斷是否是潛水艇。

從聲納浮標可以聽到的聲音包括，潛水艇所發出的螺旋槳的氣泡聲以及引擎聲，還有壓艙水箱的排出聲等。如果是核子潛艇的話，則會聽到冷卻唧筒發出的獨特聲音，以及減速齒輪的作動聲。

電腦將固有的聲音分類記憶，瞬間就可以掌握到底是哪一國哪一種的潛水艇，有時甚至由潛水艇的名稱就可以知道艦長是誰。

這樣說來，只要有聲納是不是潛水艇就無法逃脫了呢？沒有這麼簡單。這只是理論而已。

海中充滿雜音、包括魚群游動的聲音、鯨魚或者是海豚的叫聲、海底火山或地殼變動的聲音、海流和波浪所發出的聲音、通行的船舶的引擎聲，或螺旋槳聲。在這種雜音當中必須仔細地分辨出潛藏在海中的潛水艇聲音。

而且，音的傳達也不一定，與海水中的鹽分等的濃淡、水溫、水深以及海底地形等有關，會產生極大的變化。像冷水層與溫水層之間，或溫水層在冷水層下方的逆轉就是聲音無法傳到的盲區。如果潛水艇潛藏在其下方，用聲納就無法掌握出它的聲音了。

杉浦三尉看著高度計報告。

高度五〇〇公尺。是可以投下聲納浮標的高度。外間機長下達命令。

「一號，投下！」

『一號，投下！』

從機艙下部打出聲納浮標。

浮標的旋轉部緩慢地旋轉降落到水面。到達水面時濺起白色的水花。

「二號，投下準備！」

『二號，投下準備！』

杉浦三尉對於外間機長大叫。

「快到投下地點了。3、2、1。」

「二號，投下！」

聽到戰術航空士的復誦。

背後的聲納浮標開花，在海面旋轉下降。

外間機長每隔一定的距離陸續投下聲納浮標。

『第十六號，投下！』

「很好！」

從接收機那兒傳來戰術航空士的聲音。

外間機長讓飛機大旋轉，為了捕捉投下的聲納浮標音，在上空慢慢地開始巡邏。

『基地司令打電話來，找查理。』

接收機那兒傳來近藤司令的聲音。

「我是查理。」

『這個海域沒有我方的潛水艇。目標如果在我國領海內，要立刻提出警告，趕出領海。』

「了解！」

外間機長回答司令的吩咐，與杉浦三尉面面相對。

其出警告使其退去，意思就是說要行使實力，威脅目標。

在公海上如果威脅潛水艇或者是妨害潛水艇的航海，被視為戰爭行為，是國際法所禁止的。但是，如果潛水艇侵入領海的話則另當別論。

外間機長結束無線電通訊。而杉浦三尉則凝視海面說道：

「如果不是我方的潛水艇，難道是中國海軍的嗎？」

「不，在這附近也可能是臺灣海軍。而且也是俄羅斯海軍及北韓海軍活動的海域。總之，就是通知我們要好好地警戒。我們在這個海域要好好地努力，萬一發生敵對行動時可非比尋常，趕緊告訴全部組員。這不是演習，要全力以赴。」

外間機長拿起麥克風告訴全部的組員。機內一片沉默。電子戰負責要員，用電腦解析聲納浮標傳回來的聲音時：

『機長！第七、第八、第十二號捕捉到潛水艇的聲音。』

「好，很好。目標是複數嗎？」

『是的。至少兩艘。』

外間機長呻吟著。

「解析結果呢？」

『一艘螺旋槳音，不是美國也不是日本的潛水艇。沒有音紋記錄。而另外一艘不明。』

「問ＡＳＷ作戰中心好了。」

『了解。』

ＡＳＷ作戰中心的資料網路與美國海軍及日本海上自衛隊的電腦連線，可以進行假想敵，及友邦諸國海軍艦艇及船舶全部資料的交換。只要利用登錄在那裡的音紋就可以知道目標國籍、艦艇的種類、武器等資料。

外間機長對杉浦三尉說：

「朝向第七號的位置。解除順槳縱搖。」

「了解。」

「第一、第四引擎啟動。」

「啟動。」

第一引擎、第四引擎開始旋轉，聲音更大。機體加速前進。

「七號方位〇四七，距離八十英里。」

杉浦三尉攤開海圖說著。

外間機長打開風門，加強引擎的力量。使機翼傾斜，配合〇四七方位。拉高高度，將速度提升到最大。杉浦三尉和基地通訊，告知要立刻趕到現場。

後部室的戰術航空師說道：

『機長，我知道了。第七、第八號所掌握到的目標是中國海軍夏級核子潛艇「長征」。』

外間機長和山浦三尉面面相對。是出乎意料之外的龐然大物。

夏級核子潛艇「長征」，是中國海軍非常驕傲的彈道飛彈戰略潛水艇（SSBN）1號艦。夏級核子潛艇雖然目前確認有一艘，但是根據情報顯示，第二艘夏級核子潛艇已經開始在建造。

夏級戰略核子潛艇裝備了水中發射型彈道飛彈（SLBM），西方稱呼為CSS—N—3（中國名巨浪1號）的十二發裝備。備有兩百萬噸級的核子彈頭。

巨浪1號射程為二五〇〇公里到二七〇〇公里。如果是與那國海域的話，則日本列島的主要都市都在射程範圍內。

「為什麼在這個地方會潛藏戰略核子潛艇呢？」

外間機長好像自問自答似地這麼說。

『機長，第十二號掌握到的潛水艇也是中國海軍的漢級攻擊型潛水艇。』

外間機長看著資料網路的顯示器。中國海軍目前確認有五艘漢級攻擊型核子潛艇ＳＳＮ。

武力裝備為五三三釐米魚雷發射管以及Ｃ—八〇一艦對艦飛彈十二發。Ｃ—八〇一是中國版的飛魚導彈。這個漢級攻擊型核子潛艇在中國目前正在趕造數艘。

「知道所屬單位嗎？」

『屬於東海艦隊潛水艇隊，條碼名一〇三。艦長名不明。』

「不久到達目標潛伏海域，要進行ＪＵＲＹ嗎？」

杉浦三尉請外間機長指示。

「好，ＪＵＲＹ，準備。」

目標潛水艇潛藏在與那國沿海十二海里內，因此必須要趕走目標。外間凝視著海面。

ＪＵＲＹ就是指要追趕利用聲納浮標捕捉到音紋的潛水艇，侷限出位置的階段。ＪＵＲＹ是進行由三個聲納浮標和一個發音彈所構成的對潛作戰。

外間機長命令山浦三尉順槳縱搖。停止第一、第四引擎，要維持低速低空的搜敵飛行。

外間機長將飛機大幅度朝右旋轉。高度繼續下降。

「準備投下聲納浮標。」

高度二〇〇。

「投下聲納浮標。」

「第一聲納浮標投下。」

從機體彈出一個聲納浮標。

外間機長持續急速旋轉，維持低空高度飛行。

「第二投下！」

「第二投下！」

聲納浮標又彈到海面上。

「第三，投下終了。發音彈準備。」

杉浦三尉說道。

ＪＵＲＹ的三個聲納浮標都投下了。然後再回到現場，在海中投下發音彈。

「發音彈投下！」

「投下。」

從機體下部飛出發音彈，落在海面上，濺起水花。

發音彈到達事先預定的深度後，就會爆炸。音波會擴散到全周。而在周邊海域三處的聲納浮標就可以掌握到其衝擊音。

若果附近有潛水艇的話，碰到潛水艇的音波會反射，再傳回聲納浮標。放在三處的聲納浮標，由發音彈和碰到潛水艇反彈回來的音波時間差，就可以測出聲納浮標與潛水艇的距離。

這就好像探測地震震源地的要領一樣。聲納浮標和發音彈畫出兩個橢圓周，如果三個橢圓周重疊地點就表示有潛水艇潛藏在那兒。

知道位置以後，如果是戰時的話就可以發射魚雷或者是對潛炸彈攻擊。

外間持續急旋轉，凝視海面。終於看見海面有白色的波紋。發音彈爆炸了。

外間心裡想。終於來了吧！

「怎麼樣？」

外間機長詢問戰術航空士。

應該已經用電腦計算從聲納浮標掌握到的音波了。

『知道了。夏級「長征」方位三二二，距離十英里。漢級一〇三方位〇一九，距離四十八英里。』

「在領海內嗎？」

『「長征」就在領海十二海里前。一〇三在公海上。』

「準備投下指示器！」

「準備投下指示器！」

杉浦復誦。機身傾斜，再度急旋轉。方位回到三二二，加快速度，維持低空高度。

對面已經看到與那國的島嶼。

「不久到達目標上空。」

「指示器投下準備。」

復誦。杉浦三尉將飛機誘導到目標地點。不久之後到達目標地點上空。

「投下指示器！」

外間機長叫著。聽到復誦，發煙彈從機身下方投出。發煙彈投到海面上，海面被染紅了。紅色的煙霧冉冉上升。

機身在指示器上空盤旋。

「好，像長征發出警告。炮彈手準備對潛炸彈。」

後部室的對潛要員復誦。

「機長，會不會太過分了？」

杉浦三尉驚訝地看著外邊。

「不要緊，有事我負責。」

對潛要員回答。

『了解。準備對潛炸彈。』

「長征的深度如何？」

『深度一○○，正在航行移動中。』

戰術航空士回答。

「對潛炸彈深度設定五○，準備。」

「艦長，危險。萬一擊沉目標會引發國際問題。」

杉浦三尉拼命懇求他。

「不用擔心。不會炸沉它的。只是嚇嚇它而已。」

『機長，對潛炸彈的深度設定在五〇。』

對潛要員回答。

「潛水艇的航向呢？」

『二六二。正在南下。繼續前進會到達領海內。』

戰術航空士回答。

「好，正好。在目標前方五公里投下。」

『了解。』

外間機長凝視海面。再旋轉一次，取得通過指示器上空的航向。被指示器染紅的海面就在附近。

「1號、2號投下準備！」

『1號投下準備！保持原有航向。』

聽到對潛要員的聲音。飛機發出轟隆轟隆的聲音通過指示器上空。

『1號投下！』

外間又往右旋轉，好像劃過海面似地飛過。

在後方海面被炸彈掀起的波紋不斷擴散。

『2號投下！』

對潛要員說道。第2發炸彈落在海面。

第1發炸彈落下的附近海面，濺起白色的泡沫。

不久之後，第2發對潛炸彈又爆炸了。

當然這一定使得潛航中的潛水艇感到驚訝。如果潛水艇沒有敵對意志的話就會浮上來，或者是改變航向，離開領海。

結果如何呢？

『機長，目標變更航向為二七〇，急速潛航，不久就會離開領海。』

戰術航空士告知。

「很好。持續監視。」

外間機長鬆了一口氣。

油輪和貨櫃船都平安無事地漸行漸遠了。

擔心另外一艘漢級核子潛艇一〇三的動態。

外間機長詢問後方的戰術航空士。

「一〇三的方位和位置在何處？」

『〇二七。距離五十英里。深度一〇〇。航向……改變了！一〇三改為三四八航向，朝向黃海前進。』

杉浦三尉看著顯示器說：

「機長，在一〇三海域好像有我們的飛機哦！」

同時利用無線電與基地管制官連絡。

『基地找查理。一〇三進入第七艦隊的對潛巡邏機的監視中。貴機可以繼續監視「長征」。』

「了解！」

外間機長回答。同時機頭朝向夏級核子潛艇的航向，又旋轉了。

「長征的位置呢？」

『深度三〇〇。航向維持二七〇。朝巴士海峽前進。』

外間機長讓飛機恢復水平飛行，慎重其事地繼續監視「長征」。

2

東京・外務省　七月二日　上午十時三十分

外務省幹部局長會議，先前接到李登輝總統暗殺未遂事件的報告，一陣喧嘩。

「犯人到底是誰？是中共嗎？」

青木外相詢問情報局長辻村。

「雖然臺灣調查局還沒有發表，不過可能是來自大陸的刺客，或者是反對李登輝總統的勢力。」

「總之，如此一來，臺灣會一舉走向獨立之路。」

事務次官鯨岡護朝青木外相點點頭。

「嗯。可能吧！不過，太快了。事態如此急速展開並不好。」

「我們移到下個議題討論吧！」

鯨岡事務次長詢問青木外相。

「好，就這麼做吧！」

「北鄉從北京回來了。請北鄉發表北京情勢的最新情報。」

北鄉在鯨岡事務次官的催促下從椅子上站了起來，環視聚集在會議室中局長級的幹部。

「在探討中國的情勢之前，首先我要說明一下中國獨特的權力構造。

中國的權力以中國共產黨為主，政府及人民解放軍三者構成。在此之前由黨控制國家的行政和人民解放軍。而黨也支持人民解放軍，光是這些力量還可以。但是，到底是誰在控制軍隊呢？形式上好像是國家中央軍事委員會。

國家中央軍事委員會是國家最高軍事領導機構，只有人民解放軍的最高統轄權。好像太冗長了。總之，除了國家中央軍事委員會以外，中國共產黨還有中央軍事委員會。

中國憲法由全國人民代表大會，也就是全人代，以選舉的方式選出國家中央軍事委員會的主席，基於選出的軍事委主席的提名來決定軍事委副主席，及其他軍事委構成要員的人選。

黨中央軍事委員會與國家中央軍事委員會的關係，看起來好像不同，但事實上，黨選出江澤民擔任黨中央軍事委員會主席，而按照黨的指示，全人代又選出江澤民擔任國家中央軍事委員會主席。軍事委員會江澤民為了保持黨與國家的同一性，所以黨中央軍事委員會的成員與國家中央軍事委員會的成員是相同的。也就是說黨與國家是同一個領導軍隊的體制。」

北鄉環視著局長們。

「這一次的無血政變，是由控制直屬於國家中央軍事委員會的三總部，也就是總參謀部、總政治部、總後勤部的民族統一救國將校團所發動的。」

「能不能稍微說明一下三總部？」

青木外相訝異地問道。

「總參謀部是直屬國家中央軍事委的輔佐機構，為技術機構，訂立作戰計畫，負責指導監督中央軍事委主席的命令實施，相當於西方統合參謀本部或者是國防省等機構。不過在中國比西方國家更具有實權。也統轄新成立的〈特種兵部〉的軍委砲兵部、裝甲兵部、工程兵部，是進行這些部隊作戰指揮的陸軍司令部。軍委砲兵部是處理戰略飛彈第二砲兵所屬的部署。

有事的時候，與普通國家不同。中國的中央軍事委不是國防部，而是透過總參謀部來指揮各軍區或海軍、空軍、第二砲兵。」

「國防部沒有權限嗎？」

青木外相詢問。

「有是有，不過國防部的力量很弱，國防長官沒有權限，地位很低。像卸任的遲浩田不是政治局員，而國防部長的階級與總參謀長或總政治部主任、總後勤部長同樣是上將。國防部長即使進入中央軍事委，也只能擔任副主席以下的普通委員。國防部沒有副部長的職務，也沒有對三軍的指揮權。只不過是名譽職位而已。」

「也沒有人事權嗎？」

「擁有人事權的是總政治部。總政治部與國防部、總參謀部、總後勤部並列直接接受中央軍事委的指導。其下設置整個軍隊人事管理部門的幹部部。舊俄羅斯軍隊也有同樣的制度，軍隊設有政治委員，司令員（司令官）不能夠任意指揮軍隊。總政治部統轄軍隊的政治委員。」

「政治委員也是軍人嗎？」

「是的。他們也有階級，是在軍隊內培養的專攻思想的黨官僚，但不具有軍事技術者的技術。只不過是被派遣到軍方的監督者，平常軍司令員與政治委員互相商量，進行軍隊的指揮指導。」

「一旦有事的話結果如何呢？如果司令員和政治委員間意見分歧又如何呢？」

「政治委員在作戰時必須完全服從軍事指導員的命令。如果對於作戰方面有異論的話，要以保留意見的態度日後向上級報告，請上級來判斷。也就是說，由黨支配軍隊，軍隊採用二元責任制。總政治部為徹底管理黨政治工作的部門。這次，救國將校團和軍隊的總參謀部完全控制了總政治部。」

「什麼是總後勤部？」

「是兵站部。但是在中國，總後勤部也是使用國防預算購買最先進武器，致力於裝備現代化的重要部門。也就是說不單只是兵站而已。一些考慮到軍備現代化的軍事技術員，掌握了這個部門。」

「我終於瞭解了。三總部就是中國軍隊的中樞嘛！」

青木外相用力地點點頭。

「救國將校團控制三總部，成立軍長老，使用其威光，由對自己有好處的將軍們佔據了中央軍事委的地位。如果只是由少壯軍人發動的政變，老將軍們立刻就會指揮軍隊鎮壓他們。

這就是救國將校團高明的地方。救國將校團取得先前引退的中央軍委副主席張震上將與八老上將的支持，又抬出張萬年上將等人在中央軍事委活動。

因此，即使有一些軍隊內分子對救國將校團感覺不滿，也不敢發牢騷。完全沒有軍歷的黨總書記江澤民和黨幹部無法控制軍隊。黨總書記江澤民雖然是中央軍事委主席，但是軍隊的事情一定要和副主席劉華清以及總參謀長張萬年、總政治部主任于永波、總後勤部長傅全有等人商量才能進行。

可能國防部長遲浩田反對這些軍事專家。因此被解除了國防部長的職務吧！遲浩田原本就是軍反主流的楊家將派。可能他反對巧妙運用八老上將派的救國將校團吧！雖然還沒有發表，但是根據我得到的情報，國防部長的繼任者可能是總政治部副主任王瑞林。」

「王瑞林就是身為鄧小平心腹的男子嗎？」

情報局長辻村插嘴說道。

「是啊！他可能是被排除總政治部外，而左遷為國防部長吧！鄧小平還在世的時候他太過於囂張引起眾人的反感。可是也不能不管他的死活啊！」

「原來如此。這畢竟是人治的國家。」

青木外相點點頭。北鄉繼續說：

「現在已經知道民族統一救國將校團代表哪些主要成員了。首謀者是以陸軍少將秦平為主，加上陸軍上校賀堅、陸軍上校楊世明、陸軍上校黃子良等人所主持的陸軍團，還有海軍上校周志忠所領導的海軍團，以及空軍上校何炎等人所領導的空軍團。幾乎都是待在總參謀部的將校們。批評民族統一救國將校團的將校們被解除參謀上校的職務。」

「秦上校等人到底有什麼想法？到底是有哪些軍歷的人呢？」

青木外相問道。

「關於人物的詳細資料，目前還無法掌握。不過，楊上校、周上校、何上校和賀堅上校同樣都是太子黨。當然也有像秦上校這種並非太子黨的人物，不過全部都是屬於高級幹部的子弟。

目前知道的就是，他們都出生於國防大學。時期方面張震上將為學長，不過在一九八五年到九三年的七年內都曾在國防大學接受過高級幹部教育。他們都是國防大學八五年組和八六年組。國防大學人脈極廣，七大軍區的司令部和集團軍的幹部們大都是同期的同學。

這就是我目前瞭解的部分了。」

北鄉說完了。

「辛苦了，北鄉。請你繼續努力收集情報吧！」

鯨岡事務次官點點頭。

「聽到以上敘述就可以瞭解到，中國外表上好像還是保持江澤民體制，但是事實上，已經行使軍事政權。而且，中國想要成為能夠與美國和日本相抗衡的超級大國，尋求在亞洲的霸權。其證據就是以軍事佔領了南沙群島。

對我國而言，默默坐視中國成為軍事大國會對國家有好處嗎？還是應該要採取一些措施呢？今後我國該怎麼做呢？這就是我今天緊急召諸君前來的目的，希望能夠檢討今後的外交政策，尤其是對中國政策。」

鯨岡事務次官說到此處喘息一下，環視局長們。

「關於新的對中國戰略方案，由官房長發表吧！」

鯨岡事務次官看著坐在旁邊的官房長吉崎和彥。

北鄉發現吉崎抬起頭來，輕嘆了一口氣。吉崎是鯨岡事務次官的左右手，有能力的戰略論者。也是北鄉最信賴的上司。北鄉也獲選為吉崎的對中國戰略檢討委員會的成員之一，兩人經常討論計劃。

吉崎官房長以緩慢的語氣說：

「我國自成為聯合國安理會的常任理事國以來，一定要率先盡國際的責任義務。不能光是考慮到本國的國家利益，但是也不可能選擇違反國家利益的道路。首先，當然要先重視國家利益，同時在維持國家利益上也必須要盡國際的責任。

因此我國戰略目標，今後到底置於何處，必須要來考慮一下。目前在我們前面有兩條路可走。

一條就是全力維持在亞洲的局勢緩和，而另一條則是使亞洲的冷戰結束。我國站在必須要二選一的分岐點上。」

吉崎看了北鄉一眼。因為他想到北鄉也曾經在研究會說過同樣的話。

「雖然說世界上的冷戰已經結束了。但是看看亞洲，這並不是正確的說法。的確歐洲方面東歐圈的共產黨政治已經瓦解，冷戰構造結束。但是亞洲依然有中國、北韓、越南維持共黨政權，總之中國成為一方的對立軸，持續冷戰構造。

在亞洲要維持緩和局勢的政策，結果只不過是為了維持中國及越南、北韓共黨獨裁體制的秩序安定政策而已。

那麼，在亞洲冷戰結束的方向到底是什麼呢？

就好像西方諸國施加壓力保持對決姿態，使蘇俄、東歐共產圈由內部瓦解一樣，我國應該和美國及西方先進國家攜手合作，使中國、越南、北韓的共產黨政權從內部瓦解才對。

亞洲今後將會因我國採取局勢緩和政策還是冷戰結束戰略，而有很大的變化。最大的難題在於中國。之前北鄉也報告過了，中國成立軍事政權。中國今後將會急速邁向軍事大國之路。

由於改革開放經濟，使經濟發展而進入近代化的過程，西方的近代科學技術的導入很明顯的已經用在軍事方面了。現在中國正朝富國強兵的目標邁進。

中國已經是佔領了南海上的南沙群島，接下來一定會以武力併吞臺灣。經由總統民主選舉，明確取得民主國家體制的臺灣，在我國探討內政問題時也不能加以忽略。

繼臺灣之後，可能吞沒我國領土的尖閣列島（釣魚臺），中國也會主張是他們所有，甚至連琉球列島都會追朔至四千年前的歷史，認為是中國的領土。

而我國對於中國如果採取局勢緩和政策，放任不管的話，則中國在二十一世紀初期，將可能會成為亞洲第一軍事大國、超大國，君臨世界。

緩和政策只會給中國和北韓等共產主義者更有元氣。就我國的國家利益而言，這是好事嗎？

當然不是的。

因此，檢討企劃小組的結論就是，我國的戰略目標應該指向亞洲冷戰的結束。如果想要輕易地維持現狀，恐怕將會使中國邁入超大國的道路。

中國朝著大國之路前進，在亞洲尋求霸權的話，將會在亞洲掀起世界大戰。而我們必須要在事前摘掉戰爭之芽，因此現在對於中國該說不的時候就要說不。」

會場上霎時一片寂靜。不管是誰在心中想的，都是因為以往對於中國而從來沒有說出口來的戰略目標。

「結論就是我國應該採取冷戰結束戰略，也就是中國話所說的〈和平演變〉。應該要訂立計劃以和平的手段使中國共產黨體制自行瓦解。」

會場上一陣喧嘩。

「更具體的說就是，使中國共產黨體制瓦解。使中國內部分裂，在中國內部建立一些民主國家，就像俄羅斯一樣成為聯邦共和國，只要有一些民主國家聯邦，即使中國再大也不用害怕。」

出席者都屏氣凝神，沉默不語。

「當然，這些外交目標的採用，要以內閣的決定為前題，並不是光靠我們可以決定的。」

外務審議官八代曉雄舉起手來。

八代審議官是吉崎官房長的論敵，也是將來競爭事務次官寶位的對手。

「雖說不要讓中國成為超大國，但是中國如果不聽勸告而發動戰爭，那不就糟糕了嗎？」

周圍又開始議論紛紛。吉崎不動聲色地說：

「我國並不打算和中國發動戰爭。」

「哦！那麼如何阻止它邁入大國之路呢？」

「我們並不是軍事顧問。當然要以和平的外交手段和經濟手段來應付中國問題。首先，要堅持美日同盟關係，和聯合國及周邊諸國互助合作，建立一個中國包圍網。禁止將軍事技術輸出到中國，抑制經濟援助或資本輸出等等。如果這麼做中國還是要在亞洲尋求霸權的話，則採取經濟封鎖政策，禁止一切的貿易或援助。」

「如此一來，在內部就會引起混亂，而使中國的社會主義體制瓦解嗎？」

「的確如此。」

「我在擔心如果強行進行經濟封鎖，反而會使中國採用軍事強硬路線，那就更危險了。請想想以往的日本。日本併呑朝鮮，然後進攻大陸建立滿州國。企圖侵略中國本土，與當時的重慶政府展開激烈的軍事對決。當時美國、英國、中國、荷蘭也形成ＡＢＣＤ線的日本包圍網。

這個ＡＢＣＤ線的經濟制裁，當時日本是嚇得退怯嗎？不是的，相反的，日本的軍部卻主張歐美的過錯，而呼籲國民加入戰爭。陸軍將矛頭從中國大陸轉向南方，朝越南進兵。而軍部的戰爭策略更加昇華，甚至有勇無謀地引發了對美戰爭。

理性地思考一下，當時的日本並沒有發動對美戰爭的國力。但是和現在的中國一樣，燃燒著民族意識。如果形成經濟中國包圍網，可能會造成反效果吧？我經常對民族意識較強的國家或開發中國家的經濟封鎖戰略感到懷疑。他們即使受到經濟的打擊，也不會以理性或合理的判斷來決定國家的政策。」

「但是，當時的日本與現在中國的條件不同。當時日本即使經濟疲弊，卻沒有國內分裂的要素。可是現在中國一旦受到經濟封鎖，與中央對立的廣東省地方的政權，和國內少數民族就會紛紛想要分離獨立。雖然會花一點時間，但是在地方分立的話，就能防止中國的超大國化。十三億人的中國只要不成為強大的統一國家就不足為懼。」

「太平洋戰爭時代的日本與現在中國的條件的確不同，但是，當時美國對日本的想法不就是現在我們對中國的想法嗎？當時美國運用經濟封鎖日本，以為資源不足的日本應該就無法撐下去了。到時候國內反政府的聲浪提高，成為殖民地的朝鮮和臺灣可能就會一心想要獨立了吧！但是這只是美國癡人說夢。中國國內的地方政權獨立，會是少數民族獨立運動，這個想法不就是與美國的癡人說夢一樣嗎？我們如果只是靠自己的期待來訂立戰略目標是非常危險的事情，你不認為嗎？」

八代外務審議官的話也有道理。吉崎官房長深思熟慮地說道：

「那麼，審議官認為應該怎麼辦呢？」

「我認為，戰略目標應該是讓中國的經濟豐富起來。執著於民族主義，擁護軍事政權的大都是貧窮的國家。一旦成為有錢人以後，誰會做一些愚蠢的發動戰爭的事情呢？因此，經濟封鎖會造成反效果。」

「原則上，我也這麼想。但是，中國並不是真的想要實行開放改革經濟的國家，除了軍事政權，軍事佔領南海，武力威脅臺灣，現在如果在對這樣的政權進行經濟援助，恐怕更會促進中國的軍事大國化了。」

吉崎還是提出反駁的理論。鯨岡事務次官笑著看著兩人。

「吉崎官房長和八代審議官的想法可說是互相對立，不過我們就現在發生的問題來討論好了。現在臺灣的外交部要求我們承認臺灣為民主國家。具體而言，希望我們承認臺灣加入聯合國。對於這個要求，我們該如何回應呢？官房長你認為如何？」

「我認為前提是要和美國取得共同步調，關於中國武力侵犯臺灣一定要加以反對。如果說現在有武力侵犯的徵兆，就要立刻停止對中國的經濟援助，或貿易交易等。同時要勸告進入經濟特區的日本企業趕緊收手，撤回資本。關於臺灣申請加入聯合國的問題，我們要和歐美諸國取得共同步調，我國持保留態度。甚至可以利用臺灣當成對付中國的王牌。」

「臺灣牌應該如何使用呢？」

「中國想以軍事併吞臺灣，我國與歐美採取共同步調，承認臺灣為國家，承認臺灣加入聯合國。勸告中共如果不希望有兩個中國的話，就暫時放下臺灣。同時對於台灣，中國不能夠以武力併吞，但是可以施加壓力不讓臺灣獨立。」

「審議官，你的想法呢？」

鯨岡事務次官看著八代審議官。

「我認為不論對中國還是臺灣，靜觀其變才是上策。不必特意與歐美各先進國家等同步調。我國以獨立外交的立場貫徹中立才是最好的選擇。也不要斷絕經濟援助。當然美國和鄰近諸國可能會要求日本介入，但是我們要按兵不動。我認為不讓中國在國際上獨立才是最重要的一點。一旦被孤立的話，中國一定會發生暴動。那時日本就會成為中國與國際社會之間連繫的窗口。日本成為能夠說服中國的唯一國家。」

「關於臺灣加入聯合國的問題呢？」

「我雖然也同情臺灣，但是，我認為我們應該棄權。假設中國進行武力侵犯，我們也只能把它當成內政問題默不作聲。隨便表示同情，可能會使自己陷入危及國家存亡的戰爭中。外交一定要排除一切的感情和同情，以這樣的意識來進行才行。」

八代若無其事的批評吉崎。鯨岡事務次官阻止想要反駁的吉崎說道：

「審議官的想法我瞭解，但是身為聯合國安理會常任理事國日本的態度應該如何呢？靜觀事態對日本而言也許對國家利益相吻合，但是如此一來就沒有辦法基於聯合國憲章，盡我們創造民主與和平世界的國際責任了。如果民主政體被大國武力壓迫，我們難道可以容許他們這麼做嗎？」

「但是，如果我國支持臺灣捲入中國戰爭，最後與臺灣擁有同樣的命運，又如何能盡國際的責任呢？」

八代審議官諷刺地回答著。

「很好。議論到此為止。最終的外交方針由閣議來決定。鯨岡事務次官，關於對中國戰略的想法報告，包括先前的議論在內，你全部都準備好送過來，我希望趕緊由閣議做決定。」

青木外相好像要緩和兩者對立似這麼說著。

北鄉凝視著八代外務審議官以失望的表情雙臂交叉的樣子。

企劃會議爭論的論點在局長會議中可能又會被再翻出來討論一次，而吉崎官房長也以疲憊的表情看著會議的出席者。到底要朝著哪一個方向前進呢？北鄉認為，這恐怕不是短時間就能決定的問題了。

3

華盛頓DC・白宮　七月二日　東部　標準時間下午四時三十分

懷德辛普森總統一邊喝著咖啡，一邊看著攤開在桌上的報告書。

在橢圓形辦公室（總統執務室）在座的還有國務長官吉布森、國防長官多納爾德・海因茲、特別輔佐官格里菲斯，以及國家安全保障局（NSA）的湯瑪斯・賀南局長。辛普森總統抬頭說道：

「什麼？李登輝總統獲救了。稍微捏了一把冷汗。當時我還擔心不知道他怎麼樣了呢！」

「的確如此。如果李登輝總統出事的話，則我國對中戰略可能就必須要再重新考量了。那可就危險了。」

格里菲斯輔佐官面帶微笑。辛普森總統看著約翰・吉布森國務長官說：

「約翰，你對ＣＩＡ長官愛德蒙德說，如果李登輝總統身邊有什麼不穩定的動靜，要趕緊通知李登輝總統本人。」

「知道了。我會告訴他。」

「好了，今天要我做什麼快樂的選擇啊？」

辛普森總統搓搓手瞇著眼睛，看著身邊的三人。

吉布森國務長官代表開口說話了。

「總統，我有事想要告訴你。」

「是好事嗎？還是壞事呢？」

「你想先聽好事還是壞事？」

「從好事先說吧！」

吉布森長官聳聳肩說：

「今天早上臺灣政府的特使拜訪聯合國的事務局長加里，提出臺灣要加入聯合國的申請。安理會知道中國一定會動用否決權，因此要臺灣直接和聯合國總會連絡，要求他們承認。」

「哦！我聽說了。昨天參議院院內總務史提曼還來向我打聽有沒有承認臺灣的方法。」

「因為他是臺灣門廊嘛！當然這麼說。」

「這怎麼能算是好消息呢？對我來說這是麻煩的問題呢！」

「的確很麻煩，但是面對中國軍隊以軍事佔領南沙群島的事態，ASEAN諸國紛紛要求我國的庇護。以往與我國沒有關係的菲律賓率先提出要求，他們已經發現我國軍事援助的重要性了。就算我國什麼也沒做，但是在外交上卻佔盡了優勢。原本一向反美的馬來西亞，現在也要求我國國力的庇護。」

吉布森國務長官竊笑地說著。辛普森總統點點頭。

「這樣子我們的APEC就能掌握到主導權了。」

「的確如此。一旦談到軍事問題日本就無法發揮作用了。」

「約翰，日本的動態如何呢？」

「的確如先前所預料的，他們要和我們的步調一致。日本當然不可能斷絕與我國的關係而與中國為友。根據我所得到的情報，日本的外務官僚開始設定使中國瓦解的戰略目標。如果朝著這個路線前進的話，就不會與我國發生戰略矛盾。」

「是嗎？那麼有什麼壞消息呢？」

「有兩個。」

「唉呀！有兩個啊！」

辛普森總統露出厭煩的表情看著吉布森國務長官。

「一個就是來自中國聯合國大使的請求。認為聯合國處理臺灣申請加入聯合國的問題是不合法的舉動。認為臺灣問題是中國內政的問題，而聯合國不能夠干涉內政。如果美國承認臺灣的話，則中國不惜與我國斷交。」

「臺灣和中國應該如何二選一呢？」

「不是如此。我們只能選中國。」

「原來如此。就好像妻子的臺詞嘛！不允許有愛人。如果愛人比較重要的話就離婚好了嘛！」

辛普森總統苦笑著說。吉布森國務長官將眼鏡往上推推，面露不快的表情。因為吉布森國務長官自己就曾經有過愛人，有離婚的經驗。

「那麼，另外一個壞消息又是什麼呢？」

「還是由湯瑪斯來報告吧！」

吉布森國務長官看著先前一直坐在多納爾德・海因茲國防長官旁邊，沉默不語的湯瑪斯・賀南國家安全保障局長。

「請看這個。」

賀南將幾張照片擺在辛普森總統的前面。這是由上空拍攝到的俯瞰海洋的照片。看到形成環形陣戰鬥航海的艦隊。八隻戰鬥艦好像圍著中央的船隻似的，拖著白色的航跡在航行。

「請看中央的艦船。」

總統看著在照片中央的船。

「哦！這是哪兒的艦隊啊？」

「這是昨天偵察衛星在黃海上空拍攝到的中國北海艦隊的最新照片。」

賀南由下方取出只放大中央船隻的照片。比先前的照片而言解析度稍差，但是卻出現鮮明的船形。看到廣大的甲板。

「這不是航空母艦嗎？」

「是的。先前我們也曾拍攝到在旅順船廠的船身，但是船上經過偽裝，所以無法斷定是否為航空母艦。現在可能已經撤去偽裝，開始進行訓練航海了。」

「怎麼會變成這樣的呢？」

「雖然說是航空母艦，但並非是攻擊型，看起來好像是兩萬噸級的輕型航空母艦。由艦影來判斷，與舊蘇俄所開發的基輔夫型航空母艦類似。採用飛躍型甲板，因此似乎沒有飛機彈射器和著艦制動裝置。而艦載機是採用舊蘇聯所開發的雅克雷夫Ｙａｋ—36鐵匠ＶＴＯＬ（垂直離著陸）戰鬥機的改良型。

Ｙａｋ—36因為ＶＴＯＬ，所以載重量較少，與海鷂戰鬥機相比戰鬥力較差，中國以往自行進行Ｙａｋ—36鐵匠的開發，根據情報顯示，開發出短距離能夠離著陸的ＳＴＯＬ（短距離離著陸）戰鬥機。Ｙａｋ—36鐵匠改良機，或者是像我軍的海鷂戰鬥機等ＶＳＴＯＬ（垂直短距離著陸）機，會形成非常大的威脅。」

「航空母艦的戰力如何？」

「這種規模的航空母艦，當然遠不及我軍的航空母艦。飛行甲板可搭載十架左右，而艦內可搭載十到十八架ＶＴＯＬ戰鬥機或攻擊直昇機。飛彈戰鬥艦和七、八艘護衛艦組成全艦隊，也沒有辦法抵擋第七艦隊。但是，能夠充分發揮防衛周邊海域的機動戰力。」

「但是，要發動航空母艦是需要經過特殊訓練的組員吧？」

「在中國已經培養了航空母艦的組員。同時也培養了在短距離就能夠從航空母艦甲板上出發的飛行員。而這些要員的數量已經達到三艘航空母艦的人數。但是，光靠航空母艦無法發揮極大的戰力。問題在於這兒所發現的戰艦的戰鬥能力。」

賀南將護衛航空母艦周邊的艦船的放大照片也擺在桌上。

「這些都是這幾年來就航的最新飛彈護衛艦、飛彈驅逐艦和洋上補給艦。帶頭的護衛艦是旅護級飛彈驅逐艦『青島』，在其左右艦是江衛級飛彈驅逐艦『淮南』是其姐妹艦。此外，在航空母艦的左舷和右舷航海的小艦為旅大改級飛彈驅逐艦，在其背後有兩艘旅大級驅逐艦。而在兩艘驅逐艦的中間則是福清級洋上補給艦。」

「這些船艦到哪裡去呢?」

「在黃海出口附近繞行，然後又回到旅順。可能是在進行試驗航海吧!」

聽到賀南局長的話，辛普森總統點點頭。原本一直保持沉默的國防長官海因茲開口道:

「看來中國海軍已經開始做擁有外洋艦隊的準備了。根據我軍情報部所得到的情報顯示，中國決定從烏克蘭海軍手中購買兩艘真正的航空母艦，而不久將來就會擁有兩艘航空母艦。中國到二十一世紀初期為止，將計劃編成擁有六艘航空母艦的外洋艦隊。」

「擁有六艘航空母艦？」

辛普森總統緊抿著嘴唇。這時格里菲斯輔佐官開口說：

「在東亞太平洋諸國當中，中國將是成為擁有航空母艦的大國。而最需要警戒的就是日本。日本將來到底會支持我國，還是脫離我國，而朝著自己國家也擁有航空母艦的方向發展，這是非常重要的一點。總之，看來中國將會在亞洲尋求霸權。而只能藉助日本來加以壓制，同時也要避免日本和中國一樣成為大國。所以不論對日本或是對中國，我國的亞洲戰略都必須要深思熟慮。」

辛普森總統點點頭。

「沒辦法。巴納德，關於對中國戰略方面你和吉布森國務長官，及海因茲國防長官，再多檢討吧！」

辛普森總統整個身子深深沉坐在椅子上。

4

上海　七月三日　下午二時三十分

通往廣州的特快車流線型的車身緩緩滑入上海車站第二月臺。連結北京、廣州的新高速鐵路，是日本的ＪＲ導入新幹線技術興建完成的。北京、上海之間只要五小時就能夠抵達。

北鄉弓和劉進一起走向月臺。上海車站大廳內人潮擁擠。大廳內到處都可以看到公安局的制服警察，北鄉弓拉拉劉進的手臂，佯裝不知快速通過。

在火車開出北京車站之前，一直擔心公安警察是否會跟蹤，但看起來似乎不用擔心了。劉進和北鄉弓在顧客擁擠的北京日系百貨店裡會合。利用混雜的人群甩掉公安警察。

北鄉弓來到計程車招呼站，和外國人一起排在行列的最尾端。

「叫巴士去就可以了，不要浪費錢。」

劉進對北鄉弓說，但是北鄉弓卻拉劉著進的手臂搖搖頭。在巴士的候車站，有一群中國人在那裡等車。幾十輛的巴士陸陸續續地載運旅客，可是人群並沒有減少。

「進入經濟特區最好裝成日本人，如果搭巴士去的話一定會檢查身分證。」

以前去哥哥家的時候，曾經搭巴士，在浦東經濟特區入口警衛就要看他的護照，因此有了前車之鑑，他不想這麼做了。即使是巧妙混在中國人當中，可是公安一眼就可以看出北鄉弓是日本人。雖然看不出劉進是中國人還是日本人，但是總覺得和中國人有些不同。所以不必特意的隱瞞，假裝是外國人的樣子更好。

劉進點點頭。香港人的他，不論是服裝或是打扮都和中國人不同，因此就算是展現外國人的行動也不覺得奇怪。

在等候計程車的時候乘客陸續減少，終於輪到北鄉弓他們了，北鄉弓坐上計程車，用中國話告訴司機目的地。

司機隔著鐵絲網，看著北鄉弓和劉進，冷淡地點點頭，粗暴地將車子往前開去。駕駛座為了避免強盜，因此與後座隔著鐵絲網。由此可知治安不良。

上海的街道完全改變了，令北鄉弓感到很驚訝。半年前才來拜訪哥哥，可是與當時相比市街完全改變了。市內各處都在興建高樓大廈，起重機聳立在空中。各處搭設的鷹架好像鳥巢一般聳立在那兒。

街道上充滿人潮和自行車，每個人根本不管是紅燈還是黃燈一直鑽進道路中。因此，車子被人潮阻擋，只好慢慢前進。

計程車駕駛不停地按著喇叭，似乎不打算避開出現在車前的人潮。

北鄉弓用日本話和劉進說話。而劉進也配合他的方式裝成是日本人。駕駛從後照鏡看著弓和進，似乎相信他們都是日本人似的。

車子終於到達橫跨黃浦江的大橋，只看到橋下河水是茶色的泥流。終於進入浦東開發區，人群驟然減少。中國人要進入浦東開發區，必須在出入口拿出就勞許可證給公安官員看。因此，不像是上海市街地那麼熱鬧。

出入口的官員看著車內，和駕駛交談了兩、三句話，北鄉弓用日文對他笑著說道：「你好。」可能是這句話有效吧！官員並沒有要提示護照就放行了，而駕駛慢慢地將車子開走。

浦東開發區各處都在建設大廈。上海著名的高塔也聳立於此。半年前來此時還是一片空地的地方，現在不斷地興建中高層大廈，如雨後春筍般到處林立。

計程車在人煙稀少的道路終於恢復原有的速度。向前奔馳。

哥哥居住的高級公寓在新住宅地中。途中道路兩側並列著很多的辦公大樓和工廠。在工廠出入口和廣場各處都看得到裝甲車和運兵車。穿著卡其色戰鬥服裝的人民解放軍士兵們，坐在車子周圍的陰涼處，無聊地看著通過的車子。

車子進入新住宅地區，正要通過一棟細長的高樓大廈前。

「就是這兒了。」

弓指示駕駛停車。車子緊急煞車停了下來。

駕駛告知車資是比行車距離更高的車資。

劉進想說話，但弓卻用手制止劉進，對他使眼色。弓默默地把錢交給駕駛就下車了。而且發現到駕駛一開始就沒有扳下里程錶，照錶計費。可能認為自己是外國人而愚弄自己吧！弓感到很生氣。

劉進也不高興地說：

「這個傢伙，如果默不作聲的話，他以後還會這麼做的。真是對自己的同胞感到可恥！」

弓和進趕緊走進大樓的玄關。進入玄關以後，看到一位年老的警衛坐在那兒。

在玄關那兒有帶有房間編號的對講機。弓按下掛著北鄉勝名牌的按鈕。事先已經連絡哥哥今天自己會到這裡來了。

『是誰?』

對講機中傳來哥哥的聲音。弓對他說:「是我。」聽到鈴響了,門鎖打開了。

弓催促劉進,打開門進入玄關大廳。警衛摘下老花眼鏡,用懷疑的眼神看著兩人。弓對警衛笑一笑。警衛不再感到懷疑,又將目光移回自己原先看的報紙上了。

升降梯到達十樓。

敲著一〇〇七號房的門。門粗魯地被打開了,看到了勝。勝的上半身赤裸。

「哦!是弓,進來吧!」

勝瞄了一眼在弓身後的劉進,將門打開。弓催促劉進進入房間裡。

「這是你男朋友嗎?」

勝用下巴指指劉進,豎起拇指。

「不對。是我朋友的愛人。別開玩笑了。」

「嗯,我看一定是你的愛人吧!」

「哥哥真低級啊!」

弓把進介紹給哥哥。進用北平話向他打招呼。勝穿起丟在床上的T恤，也向他問好。弓問勝。

「我想喝咖啡，即溶的也好。」

「即溶咖啡在廚房的架子上。」

「哇！好髒啊！」

弓看著廚房的流理臺，大聲叫著。流理臺骯髒的餐具堆積如山。垃圾的臭味到處瀰漫。

「哥，你該趕緊娶個嫂子啦！」

弓趕緊放出自來水，清洗流理臺上的餐具。

「唉呀！反正都髒了嘛！你要用哪一個杯子只要洗那個杯子就可以了！」

「這怎麼行呢？哥你燒水吧！」

弓一邊嘮叨地發牢騷，一邊洗餐具。勝向進聳聳肩，在壺中裝水。

「弓，你特意從北京到這裡來幫我打掃的嗎？」

「當然不是。可是看你這個樣子真是慘不忍睹。所以我幫你洗洗嘍！」

「有什麼事拜託我嗎？」

勝把水壺放在瓦斯爐上，打開瓦斯。洗完餐具的弓，一邊擦餐具，一邊看著勝。

「求你幫忙！」

「幫忙？是為了他的事嗎？」

勝看著坐在起居室沙發上的劉進。弓和勝用日文交談，進插不上嘴又不知道該怎麼辦，所以只好坐在那了。

「到底做了什麼壞事啊？」

「沒什麼壞事。這個劉進參加民主化運動，被公安追捕，已經被逮捕過一次了。」

「這一次的事情嗎？」

「是的。」

「不行。我最討厭政治。管它民主化也好、自由也好、或是人權的問題，我完全不干涉。」

勝搖搖頭。

「哥，拜託你！我也參加民主化運動嘍！」

「你真笨啊！你是日本人耶！中國人的事情交給中國人自己去做嘛！你幹什麼要插手呢？」

勝很生氣地說著。

「我知道。劉先生也對我這麼說。」

「那麼，你就聽他的話就好啦！」

「可是，我重要的朋友小蘭很危險。聽他說在上海，小蘭碰到比敵人更可怕的壞蛋。」

「與我無關！」

勝好像一副事不關己，已不勞心的樣子。

「你就聽他說嘛！」

弓用中國話把事情告訴進。進也低頭不語。

「我只能聽你們說，我什麼都不能做。」

「我知道，不過你還是要聽聽我們說嘛！」

勝勉勉強強地答應了。

弓把先前的經緯一五一十地全部告知。中途進也加入談話。

在北京說要鎮壓的小蘭等人，開始潛入地下進行非法的活動。因此小蘭等人想請求在上海的廣州「同志」。但是這個廣州「同志」事實上是香港的黑道份子，是很危險的人，他們想要利用小蘭。

勝始終覺得索然無味地一邊抽著煙，一邊聽著。

水滾了。勝將滾水倒入咖啡杯中，沖泡即溶咖啡。

談話結束。勝喝著難喝的咖啡。

「廣州同志和香港黑道份子嗎？為什麼和這些人交往呢？這些人很可怕耶！」

「所以才要請你幫忙啊！」

「劉進，你知道那些人在上海什麼地方嗎？」

「我不知道。但是，他們之中有幾個人是父親的朋友，我只要請求在香港的父親，應該就可以知道他們在上海什麼地方了。」

「你父親在香港嗎？」

「我忘了告訴你劉先生是香港人。」

「我父親是劉重遠，是實業家。」

勝看著劉進說道：

「咦？劉重遠不是香港十大實業家嗎？你是他的兒子嗎？」

「是的。」

「就是香港大榮產業公司集團的會長嗎？」

「是的。」

「哥哥也知道嗎？」

「當然囉！我吃這行飯已經幾年啦？大榮產業集團是從建設到金融都有事業的企業團體。是日本企業的強烈競爭對手。現在和我有關的五代商事也曾好幾次被大榮收拾呢！」

「是互相競爭的公司嗎？」

弓臉上一片陰霾，勝笑著說：

「對五代而言也許是吧！跟我可沒有關係。我只不過是受僱於他們而已。我對五代沒有任何的責任與義務。劉進，你是劉重遠的公子，這可有趣啦！我雖然不想那麼說，可是我還是要告訴你，劉，你的父親非常吃得開哦！」

「哥哥，你不要這麼說嘛！」

「沒關係的。事實就是如此。他的父親是從大陸逃到香港。光在他這一代就擁有這麼多家公司，的確是非常厲害。」

勝凝視著進。

「身為他的公子，你應該知道，劉重遠是經過不斷地努力才能擁有現在的地盤。不過他應該是暗地裡和香港的黑道份子勾結，欺瞞政府當局進行非法的生意吧！」

「是啊！因此我到北京留學，身為中國人，我不希望得到父親的照顧，希望可以靠自己的力量工作。」

進點點頭。弓頭一次聽進這麼說不禁啞然失笑。

「劉家是客家人嗎？」

進臉上露出困惑的表情。弓驚訝地看著進。

「你是說……」

「何必隱瞞自己是客家人呢？新加坡的李光耀，中國人尊敬的孫文都是客家人啊！既是客家人就有獨特的人脈，所以你的父親劉重遠在香港才能建立事業。」

「是這樣的嗎？劉進。」

「……」

進不知道該不該說，似乎覺得很迷惑的樣子。

客家人在中國的廣東省周邊，被視為是外來者，與原住民區別，自成為漢民族的一族。原本是來自華北的移民，而東南亞華僑大多是客家人。客家人一族非常團結，互助合作，擁有豐富的財力，而且熱心於教育，有很多優秀的人才，被視為是中國的猶太人。因此，各國的為政者，都警戒排斥客家人，對他們產生差別待遇。

「不管你是不是客家人都無所謂。先去問問你的父親，你打算見在這裏的香港黑道份子嗎？」

「是的。」

「弓，想和你的朋友們取得連絡嗎？」

「是的。」

弓和進面面相對。

「對方叫什麼名字啊？」

「顧永建。還有于正剛。」

劉拿起原子筆將名字寫在旁邊的紙上。

「顧永建是香港人，于正剛是廣州人。」

勝喃喃自語地說。

「我聽過顧永建的名字。于正剛我就不知道是誰了。于正剛是什麼傢伙啊？」

「他原來是軍人，現在是實業家。不過聽說暗地裡從事走私生意。」

「原來如此。弓，你知道嗎?記得有一句格言說『北京愛國，上海出國，廣州賣國』。聽北京的朋友說，廣州人沒有一個是省油的燈呢！」

進捧腹大笑。

「什麼是上海出國啊？」

「就是說上海的人都想出國。去外面賺錢啊！」

進問勝。

「在哪裡可以見到顧呢？」

勝愁眉苦臉地說：

「我不能告訴你。」

「為什麼呢？」

弓探出身子。

「顧是襲捲上海黑社會的新興團體。稱為『紅龍』的龍頭老大。做事手段很狠，這是一個惡名昭彰的團體。現在公安在拼命地追捕他們。要和他們接觸非常地困難，你們要找的小蘭，為什麼要接觸顧這些人呢？」

「我不知道。」

「那你們怎麼知道有這些人存在呢？」

「我們和這裡的上海大學的同志取得連絡才知道。」

「劉進，我想還是我們到上海大學和同志取得連絡會比較快。」

「嗯。」

「會不會被公安逮捕啊？」

勝以篤定的表情搖搖頭，嘆了一口氣說：

「對手是紅龍耶！不是這麼簡單的事情。沒辦法只好我先去查探一下。現在這些人也潛藏在地下，不是輕易可以見到的。即使是劉重遠的兒子，在重重警戒之下也不可能輕易和他們接觸。」

「那就請你幫忙囉！」

「沒辦法，可愛的妹妹請求我，我只有這麼做了。而且啊……」

勝好像在想什麼似地說。

「怎麼啦？」

「顧欠我人情哦！特別的人情。」

勝對弓和進笑著說著。

5

臺灣海峽　七月四日　上午十時三十二分

遼闊的穹蒼。接近大氣層，四周一片湛藍。

臺灣（中華民國）空軍第四二七航空團第三大隊第八中隊所屬的南少校，操作操縱桿。機身產生敏感的反應，保持水平飛行。

高度三萬英尺。南少校用無線電通話器說：

「α，NOW ANGEL THREE ZERO」

『收到，目標接近。α，保持警戒。』

清泉崗基地的管制官回答。

在右下方位置等僚機，由平中尉所操縱的第二架飛機併行飛行。而在斜後方五百公尺上空，有第三、第四架飛機跟隨。

「α隊長機指示全機。ＡＣＭ準備。」

『α2，ＯＫ！』『3，ＯＫ！』『4，ＯＫ！』

聽到僚機的回答，南少校緊張得覺得血液中的腎上腺素都升高了。感覺敵機的行動和平常不一樣。

ＡＣＭ（Air Combat Maneuver）是指空中戰的意思。

來自大陸內陸部機種不明的十架飛機編隊，越過臺灣海峽朝臺灣本島進發的警報。傳來負責第一級警戒任務第三大隊第八中隊的「經國」機部隊緊急出發。

以編隊速度來看可能是中國空軍的殲擊六型戰鬥機、或是殲集七型戰鬥機。

中國空軍的戰鬥機稱為「殲擊」、攻擊機成為「強擊」、轟炸機稱為「轟炸」、直升機稱為「直升」。

殲擊六型（Ｊ—6）是舊蘇聯製的ＭｉＧ—19「農夫」的複製級改良型，殲擊七型（Ｊ—7）則是ＭｉＧ—21「魚窩」的改良型及發展型。

總之，是屬於老式的噴射戰鬥機，中國空軍為了提升引擎力，而加以獨特改良配備最新的電子機器，是絕對不容忽視的戰鬥機。殲六和殲七是中國空軍的主力戰鬥機。

以軍事佔領南沙群島之後，中國軍的動態非常地活絡。敵人陸、海、空三軍的移動空前激烈。對於對岸福建省加強軍力，同時有入侵本島的徵兆出現。

先前連日在大陸上空反覆出現敵人編隊的移動，好像要窺探本島的巡邏機和電子偵察機持續掠過臺灣領海飛行。

這一次的編隊，絕對不會是真正的攻擊吧！就軍事常識而言，如果是真正攻擊的話，敵人首先會先用飛彈攻擊本島，而不是使用飛機攻擊。而且如果要採取航空攻勢的話，同時應該也有來自海上的攻擊。最後才會進行陸上部隊的登陸作戰。

但是萬一敵機的編隊越過海峽中間的交界線而進攻時，一定要加以迎擊，不讓任何一架飛機入侵本島。這就是南少校等人的任務。

「拜託你了！」

南少校輕撫愛機IDF「經國」的防風玻璃。這樣做是為了使空戰獲勝而討個吉利的作法。

IDF（國產防衛戰鬥機）「經國號」是臺灣在洛克希德公司的支援下，獨自開發的國產噴射最新戰鬥機。

「經國號」是搭載兩架使用噴射式推進器，推力約可以產生四三〇〇公斤的T

ＦＥ一〇四二－七〇引擎。機頭的雷達天線罩裝備了最大搜索距離可達一五〇〇公里的「金龍」五三雷達。

脈衝多普勒雷達具有向上、向下搜索的能力，座艙內配備了包括ＨＵＤ在內，九〇年代戰鬥機所需要的各種裝備。

「經國號」有單座椅、雙座式兩型，外型與Ｆ－16非常類似。

在後座位的戰術航空士鐘中尉的聲音，在通話器中響起。

『不久進入戰鬥航空領域。掌握到敵人的搜敵雷達波。』

「收到。目標位置呢？」

南少校利用ＨＵＤ，想要找出敵人目標的記號。

『方位三四四。距離八十公里。』

鐘中尉以平靜的語氣說著。

「全體機員注意。要擊戰鬥準備。」

南少校對無線電通話。接到來自各機的回答。每個人都做好了準備。

各隊員搭乘「經國號」不到五十小時。但是南少校自己也感覺到與自己以往喜歡駕駛的Ｆ－一〇四Ｊ戰鬥機相比，「經國號」的確非常地輕快，對答順暢。

在機動空中戰中比F－一〇四J的旋轉力更好，加速力也很好。因此他有自信，就算敵人擁有最新型的戰鬥機，也絕對不讓敵人好過。南少校已經開始對「經國號」有了好感。

IDF「經國號」是為了對抗中國空軍所導入的米格MiG－二九戰鬥機及最新型的蘇凱Su－二七戰鬥機，而由臺灣空軍所開發出來的戰鬥機。

此外臺灣空軍在一九九八年之前打算向法國購買幻象二〇〇〇－五，六十架，以及根美國購買F－一六A／B戰鬥機一百五十架，再配備IDF「經國」戰鬥機就能夠提升防空能力。

在李登輝總統的命令之下，與本土中國已經進入戰鬥狀態，但嚴禁臺灣主動對中國大陸發動攻擊。這一點令南少校非常地不滿。

南少校就算生氣也無可奈何。真想趕緊用擊墜標誌裝飾機身，希望能夠儘早遇到敵人，一試身手。

『α注意。目標增加。新目標方位三七五。架數二十。距離一六〇公里。α警戒第二目標。』

「收到！」

新的敵機？南少校看著雷達顯示器。重新調整為空對空方式。

表示水平位置的本機象徵W的標誌在中央。而右下方則看到象徵敵人的四方型標誌有好幾點都在雷達上。捕捉符號也很快地掌握四方型的標誌之一。其他的敵人在哪裡呢？

「鐘中尉，看到了嗎？」

『看到了。隊長，目標有兩個。不，錯了！』

「怎麼了？」

『敵機增加了。敵人為五編隊。朝這裡飛來了。』

「什麼！」

南少校看著雷達顯示器的雷達螢幕。不知道什麼時候開始，四方型的標誌在自機W機號周邊呈點狀散開。

『α注意。發現新的敵人編隊。敵人為五編隊。低空飛向海峽領空。』

管制官冷靜的聲音在通話器的那端響起。

「收到。最短距離的敵人是什麼？」

南少校詢問管制塔。

『先前的第一編隊。敵機十二架。』

「收到。」

南少校對後座席的鐘中尉說：

「最短距離的敵人位置是多少？」

『方位三五〇。距離五十公里。』

「全體機員注意。ECM準備。」

『收到。』各機回答。

ECM就是電子對抗手段（Electric Counter Measures）。也就是阻礙欺瞞敵人雷達或無線電的手段。以備敵人採用飛彈攻擊。

『目標接近。距離四十五公里。』

已經在飛彈射程內。南少校環顧周圍。在這樣的距離，當然不可能以肉眼看到敵機的編隊，但是他還是下意識地這麼做了。

『司令指示α機員。在目標侵入領空之前禁止反擊。重複一次，在目標尚未侵入領空之前禁止反擊。』

「收到。」

南少校很生氣。司令部指示，如果敵人事實上沒有越過成為國境的臺灣海峽中間交界線進入臺灣側的話，則不能夠加以攻擊。但是，到時候攻擊已經來不及了。不能去攻打敵機的基地，只能夠採取防衛戰，到時候只會被敵人迎頭痛擊。攻擊才是最大的防禦。

到底司令在想什麼呢？臺灣本島與大陸之間距離只有一八〇公里。到達中線為止，敵人只需四十公里。噴射戰鬥機不用花幾分鐘的時間就能夠越過中線。只要突破中線，本島就會遭遇敵人的航空攻擊。

『到中線為止，距離三十公里。』

雷達螢幕上已經看到幾個敵機機影標誌。全都在飛彈射程內。南少校命令僚機。

「Spread 散開！」

『αTwo』『Three』『Four』

聽到機員的回答。Spread 是戰鬥機保持相同的高度，好像四根手指攤開的形態，進行防禦的編隊隊型。

「空對空飛彈戰鬥準備。」

全機立刻應答。南少校注意敵機是否越過中線，並持續飛行。

終於來了。

南少校看著雷達螢幕，檢查HUD的表示。採中距離飛彈方式。

搭載的飛彈是國產天劍2型空對空飛彈。為中程飛彈。具有與美國AMRAAM同樣的性能。

可發射四發中距離飛彈。雷達範圍為四十英里。目標從二十二英里（約三九・六公里）開始，以九八〇節的速度接近中。目標在飛彈射程內。

敵人編隊十二架。我方飛彈有十六枚。命中率即使是百分之五十，全部發射也可以擊落八架敵機。沒有擊中的四架飛機，也可以用機關砲擊落。

問題在於陸續接近的敵人編隊。敵人當然會陸續發射中距離飛彈。必須要閃躲對方的飛彈，獲得生存才能夠擊落敵機。

到時候同志的支援機一定能夠趕來。在此之前希望能夠多擊落一架敵人編隊的飛機。

真是慘烈的空中戰！南少校早就抱著覺悟之心了。雷達螢幕上又出現了新的敵機。這是怎麼回事啊！敵人編隊全都要渡過海峽嗎？

南少校屏氣凝神。雷達螢幕上已經看到了五個以上的敵人編隊。

『隊長，敵人編隊持續增加。已經有七個編隊朝海峽飛來。』

「收到。請求基地司令允許攻擊。」

南少校喃喃自語地這麼說著。如果現在不發射飛彈，恐怕敵人第一編隊就要發射飛彈了。

『司令指示α。在敵人發射飛彈之前不可以發射。』

南少校很不高興。覺得呼吸困難。

畜生！司令部那些不明事理的傢伙！

『敵人編隊，距離中線十公里。』

聽到管制塔的聲音。

「鐘中尉，敵人的位置呢？」

詢問在後座位的鐘中尉。

「怎麼回事？」

『敵人……，隊長，敵人編隊掉頭了。』

「什麼？」

南少校看著雷達螢幕。表示產生了變化。HUD的表示也顯示敵人目標遠離了。

『管制塔通知α。敵人第一編隊掉頭。你們回航。』

「收到。其他的目標呢?」

『第二編隊也改變航向。掉頭了。第三、第四以及其他編隊都改變航向。』

南少校鬆了一口氣拉起護目鏡。眩目的陽光射到眼睛裡。眼下是一片湛藍的海洋。

這些傢伙為什麼掉頭回去了呢?難道只是想要看看我們反應的示威嗎?那未免也是大規模的編隊了吧!我想至少動員了百架的飛機。

『司令指示α。敵人編隊還在作戰中。繼續等待警戒。』

「收到。」

南少校慶幸自己並沒有急著發射飛彈。

「全體機員集合。」

南少校命令部下在空中集合。放下護目鏡將操縱桿向左倒。使機翼傾斜,進行盤旋飛行。

第二章　迫切的危機

ノ

東京・防衛廳　七月五日　下午四時

統幕作戰課的作戰幕僚，北鄉涉三等海佐終止說明，看著聚集的幕僚們。

統合幕僚作戰會議包括午餐在內已經長達七個小時。海陸空三幕僚監部的作戰幕僚齊聚一堂的統合幕僚作戰會議，對於決定日本軍事戰略的參謀本部而言是非常好的存在。會議從前天開始召開，打算在今天結束，進行現在最急迫的臺、海兩岸情勢的分析，和今後對中戰略的檢討。

北鄉先嘆了一口氣再度說道：

「中國的軍事力增強，各位對此有何認識呢？

我認為這與中國的危機感在何處，以及國家百年大計到底是什麼有密切的關係。

近年來刊登在解放軍報上的王增銓軍事科技專家所寫的論文『當前國際軍事戰略形勢的發展與動機』，有值得注意的敘述。詳情請參照手邊的資料 Number 5。」

聽到會議室響起翻閱資料的聲音。北鄉暫時停下來又繼續說：

「根據王的論文記載，當前的世界是新舊局面轉換的過渡期，國際關係的分化與再結合的調整期。新的相對穩定國際安全機構與世界政治經濟秩序目前還沒有建立起來。

『全世界的軍事戰略形勢一言以蔽之就是，”總體的緩和與局部的動搖“，具有這種特異複雜狀態。

雖然能夠避開世界大戰的危險，但是另一方面，卻沒有辦法終止區域性的戰亂，在國際間也經常出現摩擦與對立，天下並非是太平的。』

在這樣的認識下，對於產生這種局面的動機，論文中列舉了四項請大家注意一下。

第一，就是冷戰結束，蘇俄解體，所以以往主要基層矛盾意識鬥爭後退，而突顯國家民族的利益成為矛盾的核心。而且矛盾的性質從經濟面朝政治面發展，從抑制與反抑制的型態變化為相互爭奪主導權的型態。

第二，大戰的因子持續縮小，小戰的因子相對增加的形勢出現了。美、蘇兩軍事大國的關係由對立變化為協調，戰略核子武器大量削減，而使得引發世界大戰的可能性減少。但是，美、蘇軍事面的收縮，卻暴露出以往覆蓋其下方的各種歷史遺留問題。

主要形態是戰亂，是鄰國間與國內各民族宗教及政治團體之間的軍事衝突。這些戰亂的規模並不大，目的也有限，不會成為大戰的導火線，但是對於該地區和世界安全而言卻會造成一定的動搖與影響。

第三，得到經濟利益成為世界各國軍事戰略與國家戰略的共同目標。各國的共通認識就是經濟為總合國力的基礎。

冷戰結束以後，世界相對進入和平時期，很多國家將勢力集中於經濟及科學技術的發展。提高國際的經濟競爭力，為了獲得經濟力而傾出全力之外，希望成為經濟大國。因此打算建立排他的地域經濟組織。

第四，以往的國際的強權政治和霸權主義依然存在。在國際紛爭當中，西方大國濫用聯合國的名義發動制裁。

王認為這種形勢在本世紀初期不僅會繼續下去，而且有長期持續的可能性。西方大國當然也包括了我國在內。」

北鄉環顧周圍眾人。包括河原端統幕議長在內，出席的幕僚們全都看著手邊的資料。直屬長官統幕作戰部長新城克昌海將補雙手交疊，閉著眼睛坐在那兒。新城作戰部長和坐在主持席上的統幕副議長佐佐岡茂陸將補是統幕會議的領導者。

佐佐岡陸將補和新城海將補在防衛大學是同期生，也是任何時期都會互相比較的競爭對手。

「基於以上的觀點，中國將會推進軍事現代化。關於中國軍事現代化，由辻下二佐為各位說明。」

北鄉看著旁邊的辻下直人二等陸佐。辻下二佐是統幕作戰課的前輩。他輕咳了幾聲站起來。

「中國所進行的軍事近代化，首先是進行削減一百萬軍人與舊式武器裝備，同時編成精銳部隊，也就是『簡兵』與『質量建軍』。這是為了應付我國及美國等西方國家。一方面縮小軍隊，另一方面又致力於軍隊精銳化和軍質的強化，所展現的對應行動。

特別值得注意的就是，中國變成強化六個重點集團軍以及一個傘兵部隊，運用這些軍隊創設中國版緊急應對部隊。

重點集團軍是『拳頭部隊』，在二十四集團軍當中配備有最優良的現代化武器，追加特殊軍種及訓練費用成為重點培養部隊。

重點集團軍包括北京軍區的第38集團軍、瀋陽軍區第39集團軍、濟南軍區第54集團軍、蘭州軍區第21集團軍、廣州軍區第42集團軍、成都軍區第13集團軍。

尤其北京的第38軍還附帶其他部隊所沒有的自動化指揮作戰中心及化學戰部隊，而第38、39、54、42軍還配備有陸軍航空部隊的直升機大隊。而且重點集團軍各有一個俄羅斯式編成（戰車三百二十二輛）的戰車師團，其中配備最新式戰車。但是根據情報顯示，只有廣州的第42集團軍沒有這種配備。

關於傘兵部隊方面，傘下第43、44、45旅團擴大編成升格為師團。作戰人員估計有四萬五千人。

中國軍在一個傘兵部隊及六個重點集團軍之下，建設中國版即時應對軍『快速反應部隊』RRF，以及『緊急展開軍』RDF，將全力傾注於『提高緊急機動作戰能力』。這是因為認為以臺灣和周邊諸國的局部戰爭或國內的武力衝突的可能性極高，因此認為需要建設與西方緊急展開部隊同樣的部隊。

『快速反應部隊』ＲＲＦ是以傘兵、輕步兵、特殊部隊及攻擊直升機等航空部隊為主體，快速配置能力極高的機動兵力。裝備最新武器，有完善的指揮通信情報系統及後方支援的兵站，是指強化快速輸送能力及作直戰能力的部隊。

變換為『快速反應部隊』ＲＲＦ的部隊，就是濟南軍區的第54集團軍所屬的第一六二自動化師團、蘭州軍區第21集團軍的第六三師團、成都軍區的第13集團軍所屬的第一四九師團等三個師團，第一四九師團與第六三師團主要任務是在中越、中印國境地帶，以及中亞的防衛。一六二師團是中央戰略預備部隊，負責處理朝鮮半島危機以及應付與臺灣的戰爭。

『緊急展開軍』ＲＤＦ是陸軍的重裝備部隊，是在投入『快速反應部隊』之後展開快速支援任務的部隊。

『快速反應部隊』與『緊急展開軍』的規模為一個傘兵部隊和三個陸軍師團、再加上二個集團軍所構成的，總人數約二十五萬八千人。」

辻下二佐的說明令整個會議室不禁發出嘆息聲。

河原端統幕議長苦笑地說：

「光是中國的緊急應對部隊，人數就超過我國自衛隊的隊員二萬人。真是很龐大。」

「的確如此，中國真是一條巨龍。是亞洲之龍。」

陸幕長渡多野利之陸將喃喃自語地說著。辻下二佐繼續說：

「這些快速反應部隊RRF和緊急展開軍RDF創設的戰略，是最初在紛爭地區或國境地帶投入RRF，趕緊壓制驅除敵人，架構必要的防衛縱橫，採用積極防衛作戰方式。以往中國是用傳統的『誘敵深入』，也就是把敵人引誘到本國內，再利用人民戰爭加以毀滅的消極防衛作戰，但是現在已經轉換作戰方法了。

由此可知，中國軍不斷推進現代化，也就是『質量建軍』，已經不再是以往的人海戰術，由犧牲較多的人的物量作戰轉換為在軍事方面投入高度最新科學技術，希望能建立高度技術武器裝備。這是值得注意的問題。

而且，以往毛澤東戰術和古典的戰略戰術已經不受重視，開始重視歐美式的近代軍事理論的研究，希望能發揮軍事理論的先導作業，這是不容忽視的動態。」

辻下二佐瞄了一眼坐在對面的石上孝司二等空佐，面露笑容。

北鄉看他的樣子不禁苦笑。因為昨天辻下二佐和石上二佐、北鄉還在對於中國古典的戰略戰術的評價進行爭論。石上二佐和北鄉認為現在中國軍隊的戰術戰略是活用孫子兵法的戰術或戰略，但是辻下二佐卻否定這種理論。

「現在，中國機動軍就像俄羅斯機動軍一樣統合機動作戰能力還很低。但是，海軍步兵增強為三萬五千人，空軍開始重視遠距離急襲作戰，中國在不久的將來有可能會編成俄羅斯的統合機動軍。」

說明結束以後，辻下二佐坐了下來。大家都沉默不語。

統幕會議副議長佐佐岡茂陸看著石上二佐。

「石上二佐，最近中國的動態如何請你報告一下。」

空幕的石上孝司二等空佐站起來，向坐在後面的部下官員打手勢。官員將嵌在正面牆壁上的電視螢幕電源插上。將房間的照明打暗，使得畫面更為清晰。畫面中播放出軍事偵察衛星拍攝到的大陸海岸部的放大照片。石上二佐使用雷射光線棒大聲說明：

「近年來，中國軍隊不斷地假設局部戰而反覆進行演習。

去年，南京軍管區的中國空軍第十轟炸師團的H—6轟炸機，進行與昔日以色列的空軍對伊拉克的核子設施，所進行的空中轟炸作戰同樣的演習，在距離基地三六一〇公里的目標進行空中轟炸演習。

最近南京軍管區的空軍第28攻擊師團與第14戰鬥機師團、和第12集團軍的戰車第2師團、及第54集團軍的直升機大隊，一起進行陸空聯合全縱深作戰演習。」

畫面不斷地改變，出現堆積在港口倉庫裡面的貨物。

「空軍獨自進行用最新的J—8Ⅱ戰鬥機和Su—27戰鬥機與假想敵機幻象二〇〇〇或F—15戰鬥機對抗的摹擬空戰，想要看看劣等裝備該如何對抗。這當然就是以臺灣空軍為假想敵而進行的訓練。

前幾個月，中國東海艦隊與空軍聯合在東海上展開海峽封鎖與反封鎖的訓練。同時北海艦隊也出動進行海上支援。當時，美國偵察衛星首次確認艦隊有航空母艦隨行。

三天前，我國海上自衛隊巡邏機，親眼目睹到中國的核子彈頭飛彈潛水艇，有幾艘在東海的與那國海域進行海上封鎖訓練。」

畫面上播出編隊一起移動的戰鬥機和運輸機的姿態。

「需要警戒的就是，最近廣州軍區和南京軍區的軍隊移動非常地頻繁。先前辻下二佐報告快速反應部隊的傘兵部隊一個旅團、和第54集團軍的第一二六師團已經確定移到廣州軍區了。同時，大量的戰車軍團搭乘火車已經從北京軍區南移了。

空軍大編隊也開始朝臺灣海峽進行威脅飛行。南海艦隊控制南沙群島和太平島之後，反覆在南海海域進行演習。東海艦隊進出東海，甚至出現在臺灣周邊和琉球海域附近。

來自廣州的情報顯示，最近購買食物的比例增大，而醫藥品也大量進口。中國政府以儲備原油為藉口，大量購買石油和汽油。廣州省和福建省醫師和護士全體集合，同時也趕著建設醫院和臨時搭設的住院所。」

石上二佐讓指示官員停止電視的影像。電視畫面上出現幾條在琉球近海航海艦隊的白色航跡。

「這全部的徵兆顯示，攻擊不久就要開始了。」

河原端統幕議長看著坐在隔壁的佐佐岡茂陸將補點點頭。

「看來正如我們所想的打算開始攻擊東沙群島了。也許要直接攻擊臺灣本島吧？」

「新城作戰部長，你的意見呢？」

河原端統幕議長看著新城海將補。原本一直保持沉默的新城作戰部長，慢慢地睜開閉起的眼睛。

「這幾天我反覆思索。我看大概是要進攻東沙群島了。進攻本島的話，以軍隊和補給物資的集積來看似乎準備不足。但是我們現在卻不能夠坐視不顧。」

「哦！為什麼呢？」

「詳情請北鄉三佐說明吧！」

北鄉對於話題突然轉到自己身上嚇了一跳，不過立刻又振作起精神來。因為事前已經得到新城作戰部長的指示，因此早就準備好，隨時都可以說明了。

「臺灣政府向聯合國事務局提出加盟申請的手續。兩週後要舉行聯合國總會。當然臺灣加盟問題會成為緊急議題拿出來加以討論。臺灣政府目前為了各國能夠同意臺灣加入聯合國，因此對各國展開猛烈的外交工作。臺灣以GNP佔世界第二位的經濟力為後盾，提出以援助亞洲諸國和非洲諸國、中南美諸國、阿拉伯諸國的經濟為交換條件，希望這些國家能夠支持臺灣加盟聯合國。同時還有已經承認臺灣的二十八國的基本票，支持國家會陸續增加。到目前為止連印度在內四十二個國家已經開始承認臺灣了。臺灣如果想要加入聯合國，必須要得到加盟國一八五國過半數的支持才行，如果美國和法國等先進國家、及我國支持臺灣的話，國際輿論也傾向支持臺灣。臺灣就可以獲得同意加入聯合國了。

中國政府面對這種事態，認為臺灣問題是國內問題，希望在他國干涉之前就加以處理。所以在聯合國總會召開之前，可能會趕緊處理臺灣問題，而且想要向國內外宣示臺灣是中國本國的領土，所以趁著臺灣支持國還沒有增加之前，就必須要展現行動。這是第一個理由。」

「嗯。對於中國而言目前的確是很好的機會。第二個理由呢？」

「現在臺灣空軍已經從美國那兒買了F—16戰鬥機十二架。從法國也開始購買幻象二〇〇〇—5，目前大約有十架左右。不過都只是機體才剛進來，並沒有實戰配備，假以時日，等到飛行員熟悉了新銳機，同時引進來自美國、法國的新銳機之後，臺灣空軍的力量將會提升。再加上臺灣國產的IDF戰鬥機『經國號』已經有三十四架，配備在第一線。不過目前中國空軍以量而言還保持優勢，再過一陣子，恐怕就會失去這個優勢了。

到了本年秋天時，臺灣繼從美國那裡購買了勝利女神大力士型地對空防空飛彈之後，又購買愛國者飛彈，進行實戰配備。這個對空、對戰術導彈飛彈系統MADS，美國長年以來不願意賣給中共，而這一次共和黨總統卻答應賣給臺灣。一旦導入MADS之後，中國的IRBM的威脅就會減少。也就是說中國的飛彈優勢完全喪失。

臺灣海軍到了本月末，預定在高雄接收前美國海軍護衛艦FF三艘，下個月還要接收同級FF二艘。而到目前為止已經從美國那兒接收了中古FF六艘，中古掃海艇五艘。這是根據前年與美國簽定的租約而履行的條件。

今後臺灣海軍為了防衛海峽，打算從美國海軍和法國海軍那裡購買或租用驅逐艦和護衛艦，從德國海軍和義大利海軍購買或租用新型潛水艇。這對於中國的臺灣海峽制海權而言，的確是一大阻礙。

考慮到這一連串的事情，所以中國方面的判斷當然是越早發動攻擊越好。」

北鄉說完之後，指示官員按下電視開關，雷射光投射在牆壁的電視螢幕上。螢幕上映出從高度拍攝到在海洋上以環形陣形航行的艦隊。看到十幾艘艦艇拖著白色的航跡。

北鄉想，好戲就要上場了。在三小時前才送到作戰課的最新情報做成的報告才剛剛出爐。

「這是今天早上在南海西沙群島上空所拍攝到的衛星照片。這個艦隊是南海艦隊第六護衛艦戰隊。值得注意的是，今天早上一部分從事攻打太平島作戰的第七護

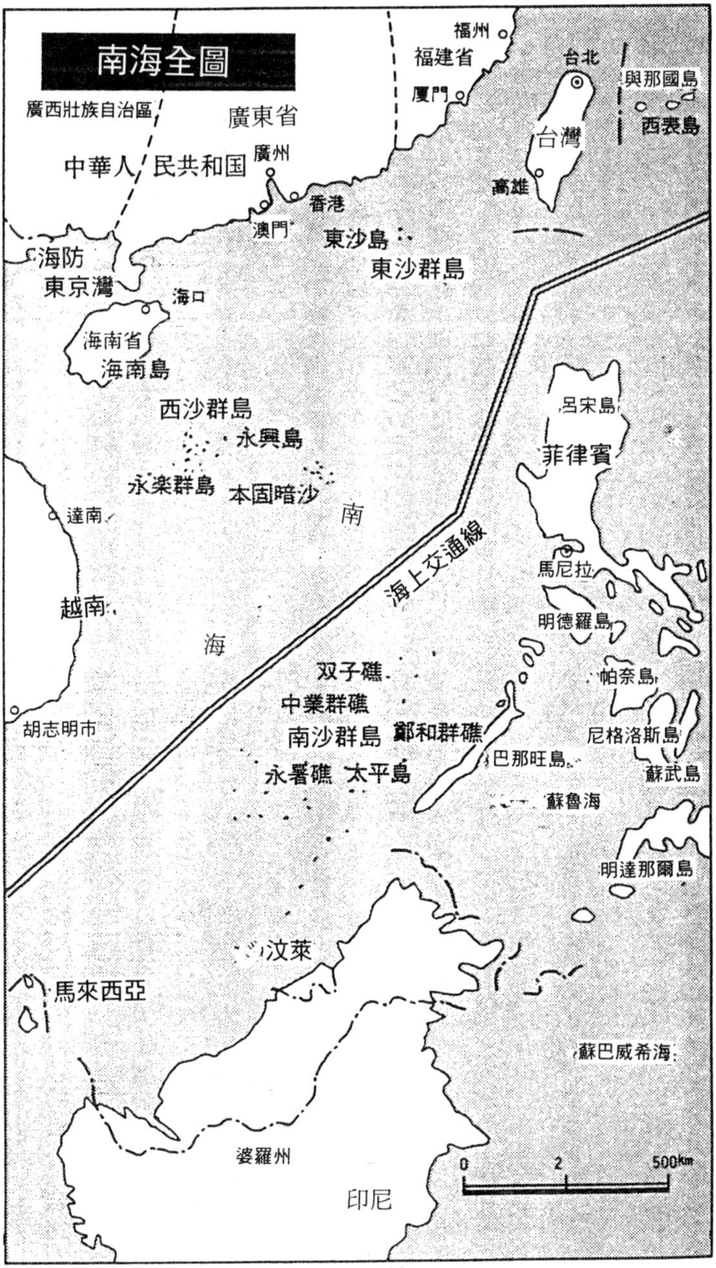
南海全圖
廣西壯族自治區
廣東省
中華人民共和国
廣州
福州
福建省
廈門
台北
台灣
高雄
與那國島
西表島
香港
澳門
東沙島
東沙群島
海防
東京灣
海口
海南省
海南島
西沙群島
永興島
永楽群島
本固暗沙
達南
南
海
海上交通線
越南
呂宋島
菲律賓
馬尼拉
明德羅島
帕奈島
双子礁
中業群礁
南沙群島
鄭和群礁
巴那旺島
尼格洛斯島
蘇武島
胡志明市
永署礁
太平島
蘇魯海
明達那爾島
汶萊
馬來西亞
蘇巴威希海
婆羅州
印尼
0
2
500km

衛艦戰隊驟然退回西沙，與第六護衛艦戰隊會合。請看這個環型中的船艦。」

在環型中航行的艦影圖片放大了。看到八艘艦影並排前行，而既不是驅逐艦也不是護衛艦。是影像稍微模糊的運輸船。

「中央最大的一艘船艦是中國海軍深感驕傲的最新型強襲登陸艦『珠海』。在左右有戰車登陸艦跟隨。這都是在進攻太平島時非常活躍的船艦。這些船艦要和第六護衛艦戰隊的運輸艦會合。」

「要到哪去呢？」

河原端統幕議長問道。

「現在在海南島東南東四〇〇公里的海洋上。第六護衛艦戰隊朝向東沙群島前進。」

會場上一片喧嘩。北鄉又對官員做出手勢。在螢幕上又映出另外一張畫面。畫面上是在漆黑的海面上有其他半環形陣形的艦隊出現。

「這是昨天晚上人工衛星所拍攝到的影像。經由紅外線處理過了。這是在福建省廈門南方一五〇公里海洋上的東海艦隊第四護衛艦戰隊。」

「廈門南方，也就是比臺灣海峽稍微南邊的位置嘛！」

佐佐岡副議長摸著下巴。

「的確如此。再這樣繼續走下去的話，東海艦隊第四護衛艦戰隊就會進入臺灣與東沙群島之間。」

映像中又映出另外一個艦隊。

「這是東海艦隊第五護衛艦戰隊，現在在福州的南方一〇〇公里，朝南南西的方向朝臺灣海峽中央航行。」

「北海艦隊的動靜如何？」

佐佐岡副議長好像呻吟似地說著。

「和第二、第三護衛艦戰隊一起出動到東海。第二朝向琉球南方海域。打算到達臺灣本島的東方海域。而第三則在浙江省海灘一二〇公里附近。擁有航空母艦的第1護衛艦戰隊在黃海深處，並未展現行動。觀察中國海軍的動態，可能是要攻擊東沙群島。而且就在這幾天吧！」

會場上恢復了平靜。新城作戰部長很滿意地向北鄉點點頭。

終於河原端統幕議長看著出席者說：

「問題在於中國攻擊東沙群島，那可能就是真正攻擊臺灣的開始了。臺灣當然會請求美、日兩國的支援。美國會出動第七艦隊，而我國自衛隊基於美日安保條約，也會為了確保遠東和平以及海上交通路線的安全，而進入非常警戒狀態。

第七艦隊入侵臺灣海峽，由於要支援臺灣，因此美國政府可能決定與中國交戰。當然日本與美軍採共同步調，就必須要捲入與中國的交戰中了。

我國政府在這時候所下的決定，會使自衛隊的任務產生變化。總之我們一定要演練戰略戰術才可以隨時應付。

當中國軍隊攻擊東沙群島時，我們該如何處理呢？新城作戰部長，我想問問你的意見。」

新城作戰部長靜靜地站起身來說：

「老實說，在日本政府還沒有表態之前，現階段只能夠靜觀其變，俟機而動。目前已經派遣西部航空方面隊的第五航空團，支援琉球的航空自衛隊西南航空混合部隊，只能夠等待機會了。除了已經派遣到琉球海域第四護衛隊群以外，也打算派第一護衛隊群到琉球去。」

「嗯。立刻下達命令安排吧！」

「還有，要假設今後可能會發生的情況，謀求對策。第一就是美國政府支持臺灣，主動與中國交戰。第二是美國政府支持中國而捨棄臺灣。」

「可能會這樣嗎？」

河原端統幕議長皺著眉問道。

「當然可能。像第二種情形，美國政府會陷日本於窘境中，可能打算將來以美、中樞軸來支配亞洲。」

新城作戰部長看著佐佐岡統幕副議長。佐佐岡統幕副議長輕輕地點點頭。第二種狀況是基於佐佐岡陸將補的論調而假設出來的情況。

「第三則是美國政府保持中立，由聯合國來解決。」

「總之，都是以美國的動態為主。」

河原端統幕議長摸摸下巴。

「這些假設的前提並不在於日本政府獨自的外交對策，而在於對美協調路線。」

「的確如此，我們沒有辦法獨自展開行動。」

河原端統幕議長痛苦地點了點頭。北鄉觀察河原端統幕議長心中的想法。

不僅是政府，連自衛隊，很遺憾的似乎是要配合美軍的自衛隊。自衛隊很難脫離美軍而展現獨立的行動。當然自衛隊是日本的軍隊，不需要遵從美國的命令。但是從自衛隊成立開始就已經附有輔助美軍的責任。並不是能夠獨立作戰的軍隊。

「但是，第四點如果日本和美國採取相對的獨自立場，不顧美國的意思而支持臺灣或是中國，或是採取中立的立場的話，你們覺得又會如何呢？」

會場上一片喧嘩。新城作戰部長又接著說道：

「這時可能與美國的對中政策產生分歧。也就是說，可能美國支持臺灣而我國支持中國，或是相反的情形。或者是美國支持任何一方而我國保持中立。到底哪一種方法對我國來說是最善之策，就要由政治家來決定，我們自衛隊沒有辦法決定，也不能夠插嘴。總之，我們必須要尊重政府所決定的方針，假設各種的情況，謀求對策才行。」

新城作戰部長看著河原端統幕議長。對方臉上露出嚴肅的表情。

北鄉和石上二佐及辻下二佐面面相對。

今後的日本該如何走下去呢？前途一片坎坷。

北鄉想，現在哥哥譽到底在做什麼呢？

哥哥譽聽說從北京已經被叫回來了。可能是要他做成外務省對中國的政策吧！

好久沒有見到哥哥，真想和他聊一聊。

2

臺北・行政院總統臨時辦公室　七月六日　下午六時三十五分

李登輝總統在行政院長辦公室當中好像熊一樣來回踱步。辦公室的圓桌前坐著臉上表情嚴肅的行政院院長呂玄、外交部長薛德余、國防部長謝毅、參謀總長朱孝武、以及負責安全保障問題的輔佐官錢建華五人。

「是嗎？真的沒錯嗎？」

李總統詢問參謀總長朱孝武。

「沒錯，敵人打算攻擊東沙群島。攻佔南沙群島的太平島之後得到自信的敵人，打算拿下防禦薄弱的東沙群島。我得到美軍和來自日本自衛隊的情報，敵艦已經逼進東沙群島。我軍也已派出偵察機辨識敵艦隊。」

李總統看著掛在牆壁上的臺灣附近海域的地圖。瞭解到在臺灣周邊中國海軍已經開始形成威脅了。

東沙群島是由新月形的東沙島為中心，北衛灘和南衛灘所構成的群島。

臺灣在東沙島有一個大隊步兵，以及空海軍的分遣隊派駐在那兒。

中國東海艦隊從西邊開始，逐漸接近東沙群島。

報告還指出，中國的艦隊已經同時開始入侵臺灣海峽和臺灣的東側海域。

中國空軍的活動頻繁，今天早上開始就有很多的編隊不斷地在臺灣海峽上空飛行。看起來好像要攻擊臺灣，不過又在中途折返，不斷地展現示威行動。

看起來似乎打算要開始攻擊臺灣本島了，而參謀部的判斷則是認為這是聲東擊西的策略，敵人真正想要攻擊的不是臺灣本島，而是東沙群島。

東沙島在距離臺灣島西南約四〇八公里，在香港東南約三〇六公里的海面上。

一旦東沙群島遭到攻擊，參謀部的意見則是要撤退當地的部隊。但是國防部則堅持要死守東沙島，與參謀部的想法背道而馳。

平常在軍部內部，朱孝武參謀總長派與謝毅國防部長派就激烈地爭奪主導權。李總統雖然知道在這次的對立背後，也有派系之爭在內，但是卻什麼也不說。

行政院長呂玄搖著他白了髮的頭說：

「我贊成朱參謀總長的撤退方法。何必在此流血？我反對死守東沙島的想法。」

「而且，如果全力進行東沙群島防衛戰可能會中敵人的圈套。我們如果全力防衛東沙群島，為了防衛當然必須要投入大量的兵力。付出莫大的犧牲防衛東沙群島，而這個犧牲是否真的能得到好處，令人懷疑。而當我軍全力防衛東沙群島的時候，也許敵人開始趁機攻擊臺灣本島。所以，我認為應該是早期撤離當地部隊，使敵人無機可乘才對。」

朱參謀長對李總統這麼說。謝國防部長很失望地說：

「怎麼可以這樣呢？身為軍中的將領竟然如此懦弱。軍隊由我統帥，我絕對反對撤退。一定要反擊，死守東沙群島，這是一個好機會讓敵人知道，就算想要攻下東沙島也不是這麼容易的事情。」

呂行政院長安慰謝國防部長。

「但是，國防部長，不可以讓國民白白流血。有國民才有國家啊！」

「呂院長，國家需要國民的犧牲。少數犧牲才能夠挽救國家。現在正打算獨立，國民的犧牲是無可厚非之事。」

謝毅國防部長冷淡地說著。朱參謀總長看著謝國防部長。

「國防部長，我並不是夾著尾巴毫無抵抗地逃跑。撤退純屬軍事上的作戰。戰爭的基本就是不做無謂的犧牲，應該要撤回在東沙島上的陸上部隊。但是，並不是白白地把島讓給攻擊的敵人。可以從海、空兩方面盡可能地給與敵人迎頭痛擊。藉此警告敵人，如果打算攻擊臺灣本島的話將會蒙受極大的損失。」

呂行政院長點點頭。

「是啊！因此我也支持朱參謀總長的想法。雖然國防部很勇敢，但是以實際的政治狀況來考量。如果現在讓國民犧牲的話，恐怕沒有辦法鼓勵在野黨。」

「等一會兒。」

李總統制止呂院長繼續說下去。

「外交部長，你的意見如何呢？」

「我贊成謝毅國防部長的徹底抗戰論。如果繼南沙群島之後又從東沙群島撤退的話，則我國獨立以後就失去了主張擁有南海的權利了。一定要死守東沙群島，擊破敵人。現在參謀部的作戰過於懦弱，如果進行東沙群島防衛戰而蒙受損失，最後就算失去東沙群島，國際輿論也會同情我國，尤其美國輿論會反中國。這樣對我國獨立而言，的確會成為一大力量。」

薛外交部長原本是軍人出身，對於中國政策也經常和謝毅國防部長產生共鳴，為強硬派。

李總統點點頭，一邊思索，一邊繼續來回踱步，終於停下腳步，看著錢建華輔佐官。

「錢博士，你的想法如何呢？」

錢輔佐官一直茫然地看著前方，現在終於說話了。

「我贊成朱參謀總長的意見。東沙群島沒什麼大不了的，即使是失去東沙群島，如果能獲得獨立的話也很好。正如參謀總長所說的讓敵人希望落空，我認為還是撤退才是上策。」

錢建華博士是美國史丹佛戰略研究所的成員之一。李總統發現錢博士的才能請他回臺灣，任命他擔任輔佐官。

「怎麼會有好處呢？」

「我國為了獨立，就必須扮演好我國難敵軍事大國中國的角色。扮演為軟弱的臺灣才能夠博得世界的同情。因此，我國在東沙群島戰役上一定要失敗。如果死守東沙群島的話，別人會相信我國國軍有力量。但是，如此一來敵人為了顧全面子一定會拼命地攻擊東沙群島。敵人當然會消耗戰力，而我軍的消耗則更大。

如果我軍要傾出總力來死守東沙群島的話，根據我的估計，單純估計，敵人的消耗力為百分之四十，而我軍為百分之二十。敵人就算消耗掉十分之一的戰力還有足夠的餘力，但是我軍可能會消耗掉三分之一的戰力。

而且敵人攻擊本島時，東沙島不具有任何戰略價值。而我軍又何必付出莫大的犧牲去死守一個對於防衛本島無用的島嶼呢？」

「但是，如果敵人控制東沙群島，那麼戰略意義是不是很大呢？」

謝國防部長很不滿地提出反論。

「當然是的。中國控制東沙群島，則南海完全在其支配之下。甚至可以睥睨香港與廣州。對我國而言，就算現在控制東沙群島，優點並不多。我國應該要保存珍貴的戰力，以備中國真正開始攻擊臺灣本島。」

錢博士喘了一口氣看看閣僚們。

「而且，如果仔細研究敵人對東沙群島的進攻方法，就可以發現他們的真正本領了。參謀總長，你知道負責攻擊東沙群島的部隊是哪一個部隊嗎？」

「根據我們的分析是以南海艦隊、廣州軍區的空軍、和第四二集團軍為主。同時還有濟南軍區的第五四集團軍和第十五傘兵部隊的一部分支援作戰。」

「是嗎?那真是太好了!」

「太好了?」

李總統很訝異。錢博士笑著說:

「總統，我有秘策。不過，朱參謀總長，劉准將是否在參謀部呢?」

「劉准將?」

「劉仲明准將。」

朱參謀總長看著謝國防部長。謝國防部長也不明白是怎麼回事。朱參謀總長點點頭說:

「哦!你說劉准將啊!我想起來了，前年退役的劉准將嗎?這個男人有點奇怪。」

「退役了嗎?他和我同年齡，才五十三歲嘛!怎麼會退休呢?」

「劉准將我也知道。他是為了負責而退休的。」

謝國防部長回答。

「負什麼責任啊?」

「大陸間諜事件。三年前軍統揭發了軍隊內的間諜集團。總統也記得這件事吧！」

「大陸間諜事件？」

李總統搖搖頭。謝國防部長繼續說：

「第一線指揮官，年輕將校團體中有大陸的間諜，大都是國防學院時代的劉准將的學生。曾經認為劉准將是間諜集團背後的主謀，因此憲兵司令部將准將逮捕，結果劉准將洗脫嫌疑被釋放了。但是，他的幾個學生卻承認是間諜，經由軍事法庭判處死刑。劉准將認為學生們是間諜自己也應該負責，因此提出退役的申請。當時我擔任參謀長，所以很瞭解這段經過。」

「嗯。的確有這件事。劉准將又怎麼樣了呢？」

李總統看著錢博士。

「如果總統允許的話，請趕緊召見劉准將。」

「你認識劉准將嗎？」

「他畢業於美國西點軍校。在美國時代是我好朋友。他是優秀的戰略家，在美軍上層部有很多的知己。一定要借重他的力量。在這個時候他能發揮他的才能。」

錢博士點點頭。李總統看著呂行政院長。

「國防部長，劉准將現在在那裡？」

「退休以後，聽說他進入實業界。」

「趕緊與他取得連絡。」

「知道了。」

謝國防部長利用桌上的對講機叫秘書官前來。李總統探出身子。

「錢博士，你的秘策到底是什麼呢？」

「與劉准將取得連絡以後我再向您說明。」

錢博士臉上露出穩定的笑容。

3

香港島　七月六日　晚上十時二十分

小雨靜靜地下著。車子滑過積水處激起水花向前奔馳。

街上傳來有節奏的流行歌曲。各式各樣的霓虹燈把街道點綴得光輝燦爛。

在耀眼的霓虹燈下，一輛巡邏車鳴著警笛呼嘯而過。

巡邏車通過以後，從黑暗的巷子裡鑽出一名男子。

穿著白麻西裝的男子，戴著白色軟帽，腋下夾著報紙，好像避雨似的選擇道下的走廊行走。

男子看看手錶，抬頭看著街上麥當勞的看板。年輕人坐在麥當勞店中的一角談天說笑著。

繁華的十字路口被街燈和照明設備照得如白晝一般。街道因為享受夜生活的人而變得非常熱鬧。

男子慢慢地走在人行道上。有時候看著映在櫥窗上的人影，確認是否有人跟蹤。

一輛轎車在雨中緩慢駛來。

後座席的門打開，發出嬌聲的女子們下車。一名身材高大穿著黑色西裝的男子從助手席上下車，站在車門前。在後座席又有一位態度傲慢的男子下車了。

雖然在夜裡卻戴著太陽眼鏡。等待的女子們從兩邊勾著男子的手臂。穿著黑西裝，身材高大的男子好像在背後保護他似的，邊走邊看，走進大廈中去了。轎車靜靜地開走了。

穿著白色西裝的男子停下腳步。刁根煙，拿起打火機點火。

抬頭看著大廈的看板。上面列著很多卡拉ＯＫ和俱樂部酒吧的名稱。

男子看看周遭的狀況，慢慢地朝向先前從轎車下來的男子們進入的大廈走去。

在玄關大廳的警衛瞄了一眼穿白西裝的男子，什麼都沒說就移開目光。

男子搭乘電梯按下三樓的按鈕。

電梯停在三樓，男子仍然刁著香煙。推開卡拉ＯＫ俱樂部『夜來香』的大門。

穿著鮮豔紅色洋裝的女子和負責帶位穿著黑色禮服的男服務生，從黑暗的店中走過來迎接穿白西裝的男子。

「負責人在嗎？」

穿白西裝的男子用北京話靜靜地問道。穿著黑色禮服的男服務生以迷惑的表情看著穿白西裝的男子。而穿著洋裝的女子則笑著說：

「你找誰啊？」

「叫負責人來就知道了。」

穿白西裝的男子將香煙丟在地毯上，用鞋尖踩熄。

「請等等。」

穿著黑色禮服的男服務生皺著眉，趕緊鑽到窗簾後面。後來和一位好像是負責人的五十出頭的男子，一起走了出來。負責人看著穿白西裝的男子，拼命地向他鞠躬哈腰。

「啊！原來是羅先生！讓您久等了。請跟我來。」

負責人在羅的前面帶路。穿著洋裝的女子輕輕勾著羅的手臂。負責人好像吩咐穿著黑色禮服的男服務生一些事情。而男服務生則點了點頭，臉上露出緊張的表情。

「啊！這新來的人是不是對您不禮貌啊？」

「沒什麼。」

羅看著身旁的女子輕聲說著。店中因為歌聲和談話聲而非常地吵鬧。舞臺上抓著麥克風的是，像日本駐在員似的穿著西裝的男子，正在那兒唱著日本流行歌。

店後面有幾間個人房。

負責人打開掛著六號牌子的門。有幾個門上掛著正在使用的紅色牌子。羅拿開勾在自己手臂上的女子的手，進入個人房。

個人房有長的沙發椅以及小矮桌。還有大型的雷射卡拉ＯＫ設備。照明非常地昏暗。穿著洋裝的女子當然坐在羅的旁邊。

「那麼，請您慢慢享受。」

負責人好像很瞭解似的，把女子留在房間裡就關上門走了出去。

「先生，您要喝什麼？洋酒還是啤酒？」

女子站了起來，走到房間一腳的酒吧臺準備酒。

「我不要喝酒。」

女子聽到以後，面露微笑地說：

「那麼，請我一杯好不好？時間還早嘛！」

「隨你高興囉！」

女服務生也知道這位挑選卡拉ＯＫ俱樂部個人房的客人，並不是想要唱歌。

羅拿出圓形眼鏡戴在臉上，若無其事地翻著卡拉ＯＫ的歌本。

聽到敲門聲。羅以敏銳的眼神看著門，迅速從西裝裡掏出手槍來。女子臉上表情僵硬，羅用眼神對女子示意。

「嗯，請進。」

女子開門。

一位戴著太陽眼鏡的男子站在那兒。就是從轎車上下來的男子。背後站著穿著黑西裝身材高大的男子。

「羅少校，我是安龍。」

安龍禮貌地低下頭。高大男子環視房間裡，檢查是否有其他人的蹤跡。

「有女人。」

高大的男子瞪著女子，用低沉的聲音說著。女子覺得全身毛骨悚然。

「辛苦妳啦！」

少校從口袋裡掏出幾張紙幣，交給女子。

女子臉上露出燦爛的笑容說：

「你真是好人。事情辦完了再叫我哦！」

少校用下巴示意她出去。

女子趕緊走出房間。而安龍和保鑣走進房間。

少校將手槍悄悄地放回西裝內側的槍套中。

「少校，好久不見，你看起來氣色不錯。」

「安，你也是老樣子啊！」

「送給李登輝總統的禮物失敗了嗎？」

少校什麼也沒有回答，盯著安看。

「你是要問我，為什麼我知道這件事是你做的嗎？我方的情報網遍佈，當然能夠知道囉！」

安坐在對面沙發上，摘掉太陽眼鏡，露出娃娃臉。瞇著眼睛露出陰險的目光。

保鑣站在門口，雙手交疊著。

「那件不要再提了！你找我有什麼事？」

少校一邊說著，一邊瞄著高大的男子。

「不要緊，他從不亂說話，可以信賴。」

「北京到底想要什麼？」

「和平啊！就是和平啊！」

「別跟我說蠢話。難道中國不正打算以武力侵犯臺灣嗎？」

少校搖搖頭。

「那是兩碼子事，我們談些別的。」

「北京到底誰要找我？」

少校面無表情地問道。安笑著說：

「政治局員秦將軍。」

「秦平少將嗎？」

「是的。現在是秦中將了。他派我來。」

「秦中將現在是掌握中國的實力者嗎？」

少校感到很訝異。

「表面上不是，但是事實上他卻是掌握政治局勢的人物。連黨總書記江澤民和全人代委員長喬石等人都要聽他的吩咐。」

安拿出香煙來。高大的男子趕緊遞上打火機。

「秦中將到底想說什麼？」

「和平啊！希望能夠和平統一中國與臺灣。」

少校看著安。

「有什麼企圖？」

「這就是真正的企圖啊！」

「你說什麼？」

「我們的利害關係不是一致嗎？」

安笑著說。

「你是指什麼事啊？」

「羅先生真會裝蒜吶！我們也知道你們的想法，你們也反對臺灣獨立，難道不是嗎？國民黨和中國共產黨就算立場不同。但是，站在中華民族主義的立場上，想法卻是相同的。中國不應該有兩個，臺灣應該是中國大陸的一部分，這一點的利害關係一致。臺灣的國民黨難道到現在還不能放棄掉要反攻大陸、合併大陸的野心嗎？」

「國民黨早就知道反攻大陸是不實際的作法，早就已經放棄這種想法了。」

「那很好。國民黨如果想要和平的話，這的確是非常好的事情。而國民黨如果能和大陸的中國共產黨進行歷史的和解，考慮國共第三次合作的話，當然國民黨就能夠和平地回歸大陸了。」

「國共合作？你連這麼老舊的古證文都拿出來提啊！」

「你覺得如何呢？在臺灣的外省人們難道都不想回到故鄉嗎？但是一定要停止武力紛爭，謀求和平解決之道。大家都應該要遵守中國人的中國民族統一原則，你認為呢？」

「的確如此，和平的統一。」

少校摸著下巴在那兒思索著。

現在已經知道的確要藉著武力反攻合併中國是不可能的。但是，如果國共和解能合法的回到故鄉，而中央政府也答應國民黨加入的話，就能夠以不流血的方式達到和平統一。

「但是有一個條件。」

「是什麼呢？」

「絕不能夠將臺灣交給分離主義者，要盡全力阻止這件事情。國民黨的右派勢力絕對不希望臺灣獨立吧！因此，即使行使武力也是無可奈何之事。」

「暗殺李登輝總統也是無可奈何之事嗎？」

安什麼也沒說，從懷中掏出一封書信來。

「請交給某人。」

「交給誰呢？」

安點點頭。

「國民黨顧問袁元敏先生。」

袁元敏是反對臺灣獨立的保守派重鎮人物。在信封上有用毛筆寫著的秦中將的名字。

「快去吧！在戰爭開始之前一定要送到他的手中。少校，中華民國的命運掌握在你的手中。」

安龍表情嚴肅地說著。羅少校突然覺得手中的這封信好像有千斤的重量一般。

4

北京・總參謀部作戰室　七月七日　上午八時三十分

桌上的電話不斷地響著。

劉小新從電腦前站了起來，伸著懶腰，走到電話旁邊。值班的少尉睡眼惺忪地跑了過來，劉以手制止他。

「作戰課。」

「請劉中校聽電話。」

楊上校的聲音，劉挺直背肌。

「我就是。」

「立刻到這兒來。帶郭中校一起來。」

「知道了。」

劉直覺地認為一定發生了什麼事情。作戰部的房間裡充滿煙味。環視整個房間。有的將校趴在桌前，而有的則是躺在長椅上打盹。連日的作戰會議，使得全參謀的成員都非常地疲勞。

隔壁會議室聽到談笑聲。劉切掉電腦開關。手上拿著上衣。看看隔壁的房間，原來郭英東中校和同事在那兒討論著。雖然昨晚一晚沒睡，但是這些人卻都還精神奕奕。劉不禁苦笑起來。自己昨天晚上也一晚沒睡啊！但是兩人還是大致擬定了對臺灣本島進攻作戰的方針。

「郭中校，趕緊到課長室來。」

「什麼事啊？我現在正在講解聯合國軍隊進攻伊拉克的作戰方式。正要進入佳境中呢！」

「楊上校叫我們趕緊過去。」

「好了，我知道了。」

郭中校很遺憾似地伸著懶腰，站了起來。

「結論就是啊！這個沙漠的暴風雨作戰雖然成功，可是卻有不容忽略的大缺點。到底是什麼？下一次再說明吧！今天的上課到此結束。」

年輕的參謀們拍手鼓掌，送郭中校離去。

「走吧！」

劉很佩服地看著郭。

「到底沙漠的暴風雨作戰有什麼缺點呢？」

「我正在想呢！」

「你說什麼？」

「還好你到這兒來了，我真不知道該如何說明呢！」

郭中校好像愛惡作劇的小孩子一樣，在那兒擠眉弄眼。

劉愕然地看著郭。郭中校喜歡在年輕的晚輩面前故佈疑陣。事實上，新手經常被騙。而郭則沾沾自喜地認為自己是天生的欺騙好手。

通過走廊時，郭問劉。

「到底有什麼事啊？你猜得到嗎？」

「猜不到。你呢？」

郭聳聳肩。

作戰課長室在走廊的盡頭。兩人釦好襯衫的釦子，整理儀容，敲門。

「進來。」

聽到簡潔的聲音。兩人自報姓名，走入房間。

房間裡除了楊上校以外，還有賀堅上校及空軍參謀的何上校、海軍的周上校、作戰主任參謀黃上校。但是秦中將卻不在其中。

劉和郭敬禮，以立正不動的姿勢站在門口。

「兩個人都坐下來吧！不必拘禮了。」

楊上校表情嚴肅地說著。劉和郭都放鬆了下來。

「失禮了。」

各自坐在手邊的椅子上。

「決定東沙島進攻作戰。時間是七月十日晨四時正。飛彈攻擊從九日二十二時正開始。」

劉和郭面面相對。覺得決定的日子比自己所想的更晚。難道是準備方面出了問題嗎？賀堅上校以嚴肅的表情問道：

「劉中校，你在廣東省軍區或福建省軍區的司令部有沒有親朋好友？」

「有的。」

劉腦海中浮現幾位國防大學同期以及同鄉出生的朋友。

「郭中校你呢?」

「有的。」

「事實上,廣東省和福建省的軍司令部的回答是,不贊成我們參謀部所建立的東沙群島進攻作戰或臺灣本島進攻作戰。」

「你說什麼?」

「為什麼?」

劉和郭同時問道。賀堅上校看著手邊的作戰大綱說:

「理由是因為對於我們的負擔過大。如果你們在福建省或廣東省軍區有親朋好友的話,難道沒聽說過這件事嗎?」

劉和郭面面相對。

的確自進攻南沙群島以來,東沙群島進攻作戰以及臺灣本島攻擊的計畫是集中使用「拳頭部隊」之一的廣東省第四二集團軍的三個步兵師團以及直升機大隊、飛彈大隊和南海艦隊。福建省第三一集團軍是司令部設在廈門的對臺灣最前線部隊,不是「拳頭部隊」,但是卻是具有與拳頭部隊相同裝備的精銳部隊。

「看來，正如我所想的。那些人中了地方分權主義的毒，打算反叛中央。」

楊上校用很生氣的語氣說著。賀上校好像勸諫楊上校似地說：

「等等，不要這麼早下結論。對臺灣解放作戰讓四二軍和三一軍打頭陣，就是為了觀察他們的動態。難道四二軍和三一軍一開始就不展現行動嗎？」

「對啊！南海艦隊也積極參加東沙島的進攻作戰。他們並不想造反啊！」

周海軍上校也同意賀上校的說法。

「廣州空軍如何呢？」

楊上校看著何炎空軍上校。

「現在並沒有什麼奇怪的動靜。」

「我想現在也許應該督促情報部要強化對於廣東軍和福建軍的監視。」

楊上校抓抓頭，自言自語地說著。

「劉中校還有郭中校，你們指導一下，如果在緊急的狀況下，廣東軍和福建軍不出動時，到底有哪些部隊可以運用。」

這是作戰主任黃上校所提出來的問題。黃上校是面對任何事態都能保持沉著冷靜的長官。在這一點上，劉和郭絕對信任黃上校。劉問黃上校：

「作戰變更計畫如何？」

黃上校回答之前，楊上校大聲說：

「沒有基本的變更。如果四二軍或三一軍不出動的話，只好先投入三八和三九的拳頭部隊，進行臺灣解放作戰，讓華南那些傢伙嚇破膽，而南京軍區的第一、第十二軍進攻第三一軍的背後，威脅他們如果反叛的話，我們決不會善罷干休。如此一來，相信那些傢伙也不敢再主張地方分權主義了。」

「楊上校同志，我能瞭解你的想法，但是這種作法太粗魯了吧！」

賀上校和周上校大聲笑著。楊上校也笑了。

「開玩笑、開玩笑。現在想想，還好沒有把機甲師團引進廣東軍。如果那些傢伙擁有戰車軍團的話，到時候會做什麼都不知道囉！」

楊上校以認真的神情說著。

「你知道嗎？根據情報部的報告，廣東軍第四二軍也模仿開放改革經濟路線，偷偷在那兒賺錢，打算用賺到的錢向西方國家秘密購買武器。好像要買戰車或飛彈。絕對不能夠在他們還沒有得到中央的許可之下，就採取這種獨斷的行動。」

「如果有證據的話，就沒問題了！可是沒有證據啊！情報部並沒有得到確切的情報吧！」

賀上校搖搖頭。

「情報部也不能信任。也許得了華南那些傢伙的好處，就算有證據也睜一隻眼，閉一隻眼吧！」

「秦中將似乎非常注意華南的動靜。劉中校還有郭中校，你們在對臺灣解放作戰的計畫上，要充分注意廣東軍和福建軍的動靜，計畫部隊的動員情形。不要考慮對他們的補給或支援。要考慮沒有他們也能夠解放臺灣的戰略戰術。」

黃上校命令劉和郭。劉和郭一起敬禮。

不需要廣東軍和福建軍就發動戰爭？面對新課題，劉和郭面面相覷。郭中校到底在想什麼呢？他滿臉笑容看著劉。

「同志，我們去問問廣東軍和福建軍吧！先問過他們的想法，就開始作戰了。我有好的點子哦！」

郭中校拍拍劉的肩膀。

5

上海　七月七日　晚上八時十五分

白天的暑熱終於消退了，但是沒有一絲微風。整個街道迎向熱帶夜。

黃浦江對岸上海新象徵電視塔「東方明珠」浮現在夜空中。

車子朝著中山東路北進。通過肯德基炸雞的店前，鑽進霓虹燈看板氾濫的南京路。夜晚繁華街的道路和白天一樣，街上非常地熱鬧。雖然騎自行車的人群不像白天那麼多，但是還是有很多的車子奔馳在街道上。

弓覺得上海是個不夜城。走在街道上到處都看得到「卡拉ＯＫ」的看板林立。在各處都有高級俱樂部或酒吧、舞廳的看板。

「就是這了。」

在旁邊的北鄉勝低聲地對弓和劉進說，命令計程車駕駛停車。計程車駕駛面無表情也不回答，粗魯地將車子停在路邊。

勝給駕駛車資。駕駛很不滿地瞪著勝。

「再發牢騷的話，我叫公安來哦！」

勝以流暢的上海話對駕駛說。駕駛這才不敢說話。

弓和進在勝的催促下趕緊下車，全部都下車以後，車子急馳而去。

「真是粗魯的傢伙。在這裡要裝成好像偉大人物一樣。這才是上海人的作法。」

勝微笑著說。劉進也笑了。

「廣東人可能還不瞭解這一點吧！」

「在我看來上海人一直都是滿腹牢騷的，而廣東人如果也實行的話，恐怕會更麻煩了！」

「哥，這是你的偏見！以這樣的眼光看中國人真是可悲啊！」

「不是我說的，是中國人自己說的。北京人能言善道，舌燦蓮花；上海人經常滿腹牢騷；而東北人一直保持旁觀者的姿態；廣東人則展現獨自的行動。」

「是嗎？進。」

「也許是吧！」

「而香港人啊！會一邊展現行動，一邊計較損益得失呢！」

勝看著進笑著說。劉進聳聳肩。弓愕然地瞪著勝。勝很喜歡嘲諷進。

三個人停在五層樓的雜居大樓前。一樓是西式精品店。弓看著櫥窗，穿著粉紅色連身洋裝的櫥窗服裝模特兒擺好姿勢站在那兒。

弓可能想起自己穿著這種連身洋裝時的樣子吧！

這身衣服很適合我。

勝看著弓嘆氣地說：

「妳真的是想找朋友嗎？」

「真的、真的啊！」

弓不好意思地說著。

「那就好啦！從現在開始弓和劉，在我沒有吩咐你們之前要一直保持沉默，絕對不要亂說話哦！」

「我知道了。」

弓和進互看一眼，進也點點頭。

一大群人駐足在玄關前。十七、八歲的男孩和弓及勝擦身而過。

「要換錢嗎？比銀行匯率更好哦！要買日幣嗎？」

對他們輕聲說道。勝走向戴著太陽眼鏡的男子。男子默默地避開勝。

「三樓。」

勝趕緊爬上玄關的樓梯。弓和進默默地跟著他。

三個人站在三樓掛著「香港髮廊」小看板的前面。

「髮廊」是個人經營的西式美容室。

以往的美容室稱為「美髮廳」，幾乎都是五星紅旗的國營企業。但是服務態度不佳。而香港和廣州的美容師們，隨著開放改革經濟浪潮進入上海之後，開設了服務較佳，具有都會風味的個人經營的美容室。生意比國營美容室更為興隆。

門開了，兩名年輕女客一邊談話一邊走出來。

「謝謝。」

聽到店員這麼說。

兩人梳著流行雜誌上的流行髮型。服裝也是在東京和橫濱可以看到的最新時髦服裝，可是妝畫得很難看。弓上下打量這些女子們。

勝和劉進笑著讓路。女子們對勝和進露出微笑，弓則不高興地與他們擦肩而過。

真是奇怪的女子。打扮得真難看。弓在內心裡嘲笑她們。

「請進。」

男性美容師鞠躬歡迎弓等人。

「陳先生在嗎?」

勝問美容師。

「啊!老闆啊!請等等。」

美容師看著在勝背後的弓和劉進。在美容室中排著七、八個椅子,全都有客人坐在那兒,美容師們正在那兒玩弄他們的頭髮。

玻璃架上擺著法國製和日本製的化妝品。

弓覺得這和銀座及青山的美容室一模一樣。

勝好像對這家店非常熟悉似的,和美容師們一一打招呼。

「啊!北鄉先生你來了!」

店裡面的門打開了,一名身材細瘦的男子出現。男子若無其事地看著弓與進。好像在品頭論足一般。

勝介紹弓與劉進。這位陳老闆好像已經辦完事情似的,請勝和弓等人進入辦公室。門關上以後，陳鎖上門，將電視的音量放大，畫面中正在播放著中文發音的美國西部片。

「請到這兒來。」

陳將餐具架朝側面移動。是六個榻榻米大的房間。堆積如山的紙箱，佔據了一半的房間。好像倉庫一樣的房間，還有一個門。陳將門打開。四個人走到大樓與大樓之間的太平梯，是一片漆黑的樓梯。陳掏出手電筒來，指指上面。

「小心。」

陳一邊用手電筒照路，率先爬上樓梯。樓梯一直連接到屋頂上。

全部的人都爬到屋頂上以後。陳指指內側大樓的屋頂上。從這兒到對面更高的屋頂上有鐵橋。陳趕緊渡過鐵橋。

弓等人也在陳之後移到隔壁大樓的屋頂上。陳打開從屋頂上到下方樓梯的門。天花板的電燈泡發出微弱的光芒照著走廊。聽到附近傳來吵鬧的電視聲和嬰兒的哭泣聲。

陳身手敏捷地爬下樓梯。走廊上推著破棉被以及舊傢具。弓低下頭來。

為什麼中國人不把這一些垃圾丟掉而要堆在走廊上呢？即使在北京，不管到哪兒，公寓或是宿舍的走廊也成為堆放雜物的地方。

爬下樓梯以後有電梯。陳按下按鈕。

「從這兒下去吧！」

電梯的門終於打開了。四、五個人擠在窄窄的電梯中。

電梯可能已經年代老舊了，發出咕嚕咕嚕的聲音，慢慢地往下降。弓看著劉進。進好像不擔心似地點點頭。

「這棟大樓是半世紀以上的建築物，但是基礎和建築物都非常地穩固。只是有時候電梯會壞了，不能用而已，今天晚上就不要緊了。」

陳笑著說著。

「顧真的在嗎？」

勝問陳，陳笑著說：

「我不會說謊的。他說今天晚上會來啊！」

電梯一直降到地下室。門打開時，一群人簇擁著弓等人。勝拿下太陽眼鏡。進拉著弓的手臂靠在她旁邊，好像保護弓似的。

弓感覺到進手臂的溫暖，產生一種莫名的感覺。弓覺得進在身邊真的是太好了。

前面是一條黑暗的通路。兩名穿著黑色西裝的男子站在那兒，好像警衛一樣。通路深處有一道橡木門。門後傳來快節奏的音樂。

陳不知道對兩名警衛說什麼。男子們默默地對勝與進搜身。輪到弓，但男子們並沒有直接搜查弓，只是檢查她的手提包就讓她通過了。

門打開了，吵鬧的人群和樂隊的音樂迎接弓等人。穿著旗袍的女子恭敬地低下頭來。

這裡是秘密賭場。有輪盤、二十一點等大小的臺子，每一張臺子旁都包圍著穿著華麗服飾的外國人和中國人。到處都聽到嬌聲四起，洋溢著興奮的氣氛。

正面的舞臺上有菲律賓樂團在演奏舞曲。鏡球反射的光線照耀在舞臺上，很多客人在那裡跳舞。

「這是社會主義國家嗎？好像香港一樣。」

弓愣愣地看著進，進悲傷地搖搖頭。勝說道。

「這就是現實。改革開放經濟的末路使中國香港化。沒什麼好奇怪的。」

陳穿過賭場的臺子，帶著弓等人到達圍繞著舞臺的座位上。在最前面的座位上有一名中年男子在三名女子的陪侍下坐在那兒。男子的頭一半都禿了，穿著白色晚禮服。而在男子背後站著一位身材壯碩的保鑣。

「我送你們到這兒囉！」

陳對著穿著白色晚禮服的男子施上一禮，快步離去。

「北鄉先生，好久不見了。」

穿著晚禮服的男子站了起來，伸出手。勝不理他，坐在前面的椅子上。顧伸出了手朝向劉進。

「唉！這不是劉進嗎？沒想到在這裡見到你。」

「顧先生好久不見了。」

劉進握握顧的手。

「進，你應該在北京上課啊！」

「應該是這樣的，但是因為有事就到這裡來了。」

「這位美麗的小姐是誰啊？」

顧瞇著眼睛，看著弓笑了。

「她是……」

「那是我妹妹。顧，你不要出手哦！你一看到年輕的女孩子就變得好像色狼一樣。弓，你不要被他的甜言蜜語所騙哦！」

「哥哥，你太失禮了。」

弓瞪著哥哥。要我小心，我怎麼會看上這個老頭子呢？我已經是成熟女性了，我有識人的眼光。

「沒什麼，你哥哥就是嘴巴不饒人。請坐。」

顧若無其事地笑著，請弓和進坐下。同時示意在旁邊穿著旗袍的女子們離開。女子們對進和勝微笑，一起站了起來。

「生意不錯嘛！顧老闆。」

「沒什麼！還是老樣子。」

勝看著穿著中國旗袍的女子們白皙的肌膚。女子們對勝笑了笑。弓用手肘碰碰勝的手臂。

真難看吶！一點都不莊重。看來還是沒有辦法抵擋漂亮的女子。

「知道了！知道了！」

勝笑著，但是還是茫然地看著最後對他眨眼離去的女子。

穿著制服的服務生過來，請他們點東西。

「喝點東西吧！我們再好好談談。」

在顧的建議下，勝點了波旁威士忌，弓和進點了雞尾酒。服務生離開時，顧搓搓手，對勝說：

「北鄉先生，你有事找我嗎？」

「有事拜託你的是劉進和妹妹的朋友。你問他們吧！」

「哦！是嗎？是什麼事啊？」

顧看著弓和劉進。進探出身子說道：

「顧先生，最近我們從北京來的同志為了隱藏身份，應該有來拜訪過你吧？」

「同志？」

顧感到很訝異。

「就是民主化運動的同志，在北京受到公安鎮壓，逃到這兒來的學生們。」

「其中一人叫做王蘭。大家都叫她小蘭。是我的朋友。」

弓插嘴說。顧瞇著眼睛思索。

「身材跟我差不多，黑色的長髮留到背後的漂亮女孩。高高的鼻子，黑色的大眼睛，比我漂亮的女孩哦！」

在進的面前稱讚小蘭，雖然內心感到有點生氣，但是為了喚起顧的記憶，這也是無可奈何之事。勝笑著說：

「不要緊的。顧看女人的眼光是一流的。如果他覺得漂亮的女孩一定會記住的。如果記不住的話，就表示沒見過她。這一點你可以信賴他。」

「這番讚美真是很奇怪啊！但是，說的很恰當。」

顧一邊苦笑一邊點點頭。

「我記得這個女孩。的確是和上海的學生們一起來的。她說是劉進你介紹來的。六天前吧！唇的左下方有著一顆性感黑痣的女孩？」

「是的，就是她！她現在在哪？」

進焦急地問道。弓想起小蘭，的確在她的唇的左下方有黑痣。進連這麼詳細的事情都記住了，弓開始覺得有點嫉妒。

對於我，他到底記住多少呢？恐怕進根本說不出詳細的特徵吧！

「這我就不知道了。」

「為什麼呢？我們是來找小蘭的。你應該知道她在哪兒吧！」

勝問道。

「我把她介紹給于了。只有于才知道她現在在哪裡。」

「你說于是指于正剛嗎?」

顧看看周圍幾張桌子,確認沒有人聽到才小聲地說:

「你太大聲了,就是于正剛。」

「他是誰啊?」

「潛伏在上海及南京,從事非法反政府地下活動的男子。我個人很支持他。劉進,你也認識吧!」

勝看著顧。

「于正剛是軍人,聽說他是秘密從事走私生意的男子。」

「現在在這個世界上,不做些危險的事情怎麼能夠賺錢呢?是軍方沒有辦法出面接的生意他一手包攬過來。賺了錢再回饋軍方,當成士兵的薪水,或者是買缺乏的武器彈藥。他才是真正愛國者。」

「愛國者。壞蛋最後都會被冠上愛國的名義。似乎為了國家做點壞事也可以。」

勝諷刺地說道。

「哦!既然是為了國家和軍隊,為什麼從事反政府地下活動呢?這不是很奇怪嗎？」

「雖說是為了國家，其實是為了廣東軍。」

「廣東軍？」

「是啊！他是為了以廣東省為主的華南獨立而作戰的男子。」

勝看著弓和劉進。問道：

「華南獨立？」

「華南共和國的獨立啊！中國現在手腳和身體都分開了，零亂不堪。已經如此了，還不如華南、華北、東北以及西域邊境各民族自治區各自分離獨立，成立大中華聯邦國家較好。于正剛就是為了這個理想而從事活動的男子。因此，認為首先以廣東省為主的華南必須要獨立為共和國才行。如此一來，其他地區獨立的聲浪就會高漲。我和于正剛的想法有共鳴，所以背地裡幫助他。」

服務生端酒來了，顧默默地等著服務生把酒杯放下。服務生施上一禮離開了。樂隊演奏結束了。天花板的擴大器開始播放流行的中國歌謠。顧附在勝的耳邊說：

「北鄉先生，你知道嗎？喬石離開北京，秘密拜訪廣州的葉選平與他會談嗎？」

「哦！我可是頭一次聽到。不過喬石經常到廣州去嘛！」

「這次的政變，他被降級為政治局委員，但是依然身居全人代委員長及中國共產黨對外連絡部長的要職。連軍部都沒有辦法阻止他離開北京。」

弓和劉進面面相對。喬石就是中國穩健改革派的實力者。鄧小平死後，被視為是可以代替總書記江澤民的領導人物。

而葉選平則是，出生於廣東省的穩健改革派的實力者。是黨中大老葉劍英的兒子，在政治經濟界人脈廣闊。是掌握廣東省政治、經濟、軍事的大老級人物。葉為地方分權主義的領導者，廣東省在各方面都批評中央的政策。

害怕葉領導力的黨總書記江澤民，任命葉選平為政治協商會議副主任，請他到北京，但葉卻找各種藉口不願意上北京。

「兩人談些什麼？」

「根據我得到的情報，表面上是討論今後該如何改善過分的改革開放經濟路線，但是，事實上好像是在關於商量臺灣獨立的問題應該如何處理。」

「如何處理？兩人不是都反對臺灣獨立嗎？」

「是啊！問題不在於此。現在軍部主導的戰爭政策到底是什麼，才是兩個人討論的重點。葉選平絕對反對臺灣發動戰爭。而葉主張以廣東省為中心的華南獨立論。」

「香港情形如何呢？」

劉進焦急地問道。

「當然，香港也包含在華南內。根據于正剛說的話，廣東省、香港、海南島，甚至臺灣和新加坡都包含在華南共和國內。」

「如此一來，北京政府當然不會允許。中國就會開始內戰了。」

劉進臉色蒼白。勝問道：

「喬石如何回答？」

「這我就不知道了。葉好像催促喬石逃亡到華南，喬石加以拒絕了。但是兩人反對中央軍事政權的態度卻是一致的，主張共同戰線。」

「如果這是真的話，非常地可怕。于正剛會為了華南獨立暗中展現行動嗎？」

勝喃喃自語地這麼說著。顧又坐回椅子上。

「因此，于的地下活動令北京方面神經緊張。」

「難道不能連絡于正剛嗎？」

進問道。

「不是不能，不過要花點時間。」

「我想見小蘭。」

「小蘭是你的什麼人啊？」

「我的未婚妻。」

進回答。而顧點點頭。

「我知道了。我試試看。因為這是劉重遠兒子的要求嘛！」

顧永建看著勝與弓。

「當然也為了北鄉先生和你這位美麗的妹妹啊！」

「喂喂！顧老闆，你欠我的可不能就這麼還了吧！」

「我知道。你真的是太厲害了。」

顧永建搖搖頭。

「總之，今晚為了大家的健康以及國家的發展，乾杯！」

顧自己拿起酒杯。勝沒辦法，只好也拿起酒杯來。

弓手中握著裝滿鮮紅色液體的雞尾酒杯。進握著藍色的雞尾酒杯。

這時，陳又出現在出入口那兒。陳走到顧的旁邊對他耳語。顧的臉色都變了。

「你們好像被跟蹤了。」

「我們嗎？」

「公安已經進入香港髮廊，在找你們了。」

「真的嗎？」

勝皺著眉看著弓與進。

「可能公安故意要以你們為餌，放長線釣大魚吧！」

「是嗎？我們真的把公安引來了。」

弓對勝這麼說。

「那些傢伙是專業的。可別小看他們。」

顧永建吩咐旁邊的保鑣，去做些事情。

「這兒交給我吧！」

顧站起來，對勝笑著說。

「再不還你的人情啊！恐怕你以後會嘮叨地沒完呢！你們跟他到密室去吧！」

保鑣默默地用手催促勝和弓。勝、弓與進，跟著男子離開了。

6

臺北市郊外　七月七日　晚上九時十二分

劉仲明坐在書房椅子上，正在看書。

這是一個叫王山的人，假藉虛構的德國學者洛伊寧格爾博士之名所寫的『以第三隻眼看中國』一書。

內容辛辣地批判在改革開放經濟中搖擺不定的中國狀況。曾經得到黨總書記江澤民的贊賞，但是後來，書中的內容正確地指出鄧小平和現政府政策的錯誤，因此被當局禁掉。

王山這個人，是在文化大革命時代從北京下放到山西省農村的知識青年。也是最具有才氣和英明智慧的「老三屆」之一。所謂「老三屆」就是指紅衛兵時代之花的三期畢業生。

劉仲明一邊看一邊苦笑。

王山即使批評中國體制卻還是肯定中國共產黨的支配體制。即使批判的口舌辛辣，但是也沒有辦法突破體制界限。就算指出從毛澤東和鄧小平的政策或路線錯誤，但是歸根究柢，並沒有批判中國的現體制。

劉將書籤夾在書中，靜靜地閉上眼睛。摘下老花眼鏡，用手指揉搓雙眼之間。

這時，玄關鈴聲響起。

在這個時候誰會來呢？劉仲明想可能是兒子萬里或是文志來了吧！

但是自己又加以否定，認為不可能。

萬里是新任空軍中尉，像現在兩岸關係緊張時刻，應該是不可能取得休假的。次男文志在美國工科大學留學，如果要歸國的話，一定會事先打電話通知。

一定是女兒莉莉的朋友來了。莉莉現在是大學生，到現在這個年紀也應該有一、兩個男朋友了。

門開了。莉莉探出頭來。

「爸爸，有客人哦！」

「是誰啊？」

劉感到很訝異。

「他說是錢建華先生。」

「錢建華博士！真是稀客。趕緊請他到客廳坐。」

「好。」

莉莉以開朗的聲音回答。劉仲明趕緊脫掉夏天的家居服，換上長褲和短袖襯衫。

劉仲明慌慌張張地進入客廳。在客廳中，有令他懷念的錢建華博士在等著他。

錢建華攤開大手迎接劉仲明。

「錢先生，你還是精神飽滿，真是太好了！」

「劉先生也是啊！」

劉仲明和錢建華互相擁抱，慶祝兩人的再會。噓寒問暖了一會兒之後，劉問錢：

「你怎麼突然來呢？怎麼沒有事先通知我呢？如果知道你要來鄉下的話，我一定親自去接您的！」

「真是對不起，我急忙趕來，來不及通知你。」

「為了什麼事啊？」

「行政院的秘書官沒有和你連絡嗎？」

「啊！聽妻子說他們打過電話來了。但是，我不可能立刻跑到素未謀面的呂行政院長那兒去。我已經退休了，跟政治有關的問題我已經不再管了。」

「秘書官沒有告訴你我的名字嗎？」

「不，他沒說。」

「這怎麼回事啊？」

錢搖搖頭。

「如果知道是錢先生叫我的話，我立刻就跑去了。」

「有重大的事情跟你商量。」

「但是，我不是現役軍人，可能對你沒有幫助。」

「我已經得到李登輝總統、呂行政院長和國防部長的許可了。希望劉先生擔任李總統的特別顧問。」

「在我身邊經常有不祥的事情發生。況且我只是一介平民罷了。到底有什麼事呢？」

「真的要拜託你！希望你為了獨立臺灣盡一點力。」

劉驚訝地看著錢。

「我能做什麼呢？」

「你還記得以前在戰略研究所一起組織團體所進行的摹擬演練嗎？」

「摹擬演練？啊！我還記得啊！」

「當時，你、我、還有一位日本朋友三人一起成為中國指導部進行與美國的摹擬作戰。就是中美戰爭的摹擬作戰嘛！我們這組巧妙地讓臺灣和日本都捲入戰爭之中，成功地使美國敗退。即使是美國人，對於我們的奇策也都驚訝不已。」

錢好像很懷念似地這麼說。劉也想到昔日而點點頭。

「嗯。這是二十幾年前的事了。當時我們這一隊啊！真的是臭味相投，可以說是最棒的搭檔。當時的日本組員是……」

「新城克昌。是日本海軍的參謀將校。」

「哦！我想起來了。是新城上尉。他現在怎麼樣了呢？」

劉問錢。錢搖搖頭說：

「後來我們都沒有互通消息，新城之後如何我們都不知道。不過可想而知的是，他一定在日本軍的中樞。」

「那真的是太好了！我們的戰略運用得非常靈活，每一項作戰都獲得成功。令美國的統制官非常地驚訝。還說：『還好你們不是真正的中國指導部！』對了，你為何提起這件事呢？」

「因為，我想光靠我們兩個人使當時的團體復活。現在臺灣面對的兩岸戰爭就好像當時的摹擬戰爭一樣。」

劉聽到這番話，驚訝地看著錢。

「你是說，這不是普通的摹擬戰爭？我和錢先生都要成為中國指導部，和美國或臺灣作戰嗎？這不是假想的事嗎？」

「就是如此。雖然狀況和條件不同，但是還是要使用一些小狀況和設定。」

「可是假設和實際的政治狀況完全不同啊！」

「我知道。所以也必須納入現在的政治狀況和事態，兩人重新演練新的戰略戰術。以前都是我一個人在那裡假設處理的。但是劉先生，如果有你的幫助就好像得到千人的力量一樣，就能夠渡過這一次的困境。拜託你了！我為了臺灣獨立，為了解救臺灣二二〇〇萬名同胞的未來，希望你能幫忙。」

劉仲明面對這個提議沉默不語。

腦海中所浮現的是實際的戰爭。如果是摹擬戰爭的話，就算有一方失敗，也還來得及收拾。但是，在實際的戰場上與許多的人命有關，絕對不允許失敗。而且兩岸戰爭關係著臺灣二二〇〇萬國民的命運。

錢臉上的表情，也訴說著這一切。

「好，我答應你。」

劉仲明緊緊地握住錢的手。

「太好了！C組又復活了！」

錢滿臉笑容。「C組」就是摹擬戰爭遊戲進行「中美戰爭」時中國組的名稱。

「我把經過情形告訴你。」

錢把帶來的手提箱放在桌上，打開蓋子，取出厚厚的文件。封面上蓋著「機密」的印章。

「這是向李總統提出的最新秘密報告書的影印本。裡面完全記載了目前我們所處的狀況。」

「我非常擔心對中情勢，所以調查這方面的事情。因為我的公司工作與中國電氣通信的資財籌措有關。我也經常到香港和廣州去蒐集關於中國政府的內部情報。我想應該有幫助吧！」

「要演練對中戰略，劉先生的民間情報非常重要。」

「我們不要再以先生互稱了好不好，恢復以往的關係，稱我仲明吧！我們不是老朋友嗎？」

「說的也是。一切繁文縟節都可以去除，恢復以往的交情吧！你也叫我建華。」

錢建華和劉仲明都笑了起來。

「今晚我會詳細閱讀這分報告，現在該做什麼？建華，我想聽你的意見。」

「我知道，我一定會老實對你說的。」

錢建華仔細說明現在的情勢，以及到目前為止向李登輝總統建議的戰略戰術、和臺灣政府所採取的對外政策。

在談話中途，劉的妻子和女兒莉莉端茶過來。而劉和錢則熱衷於談話，根本無暇顧及他人。

劉有時候會提出問題，或者是隨時做筆記，始終扮演著聽眾的角色。

錢說完之後已經過了深夜二點。

錢似乎有點疲累，坐在沙發上。

「仲明，我所取得的戰略真的很好嗎？我想聽聽你的感想。」

「在第一階段，我認為錢建華輔佐官的戰略就足夠了。」

劉微笑地說著。

「聽你這麼說，我覺得輕鬆不少。不過問題在於接下來的步驟。」

「你還記得孫子兵法上有這麼一段話嗎？『昔之善戰者，先為不可勝，以待敵之可勝。』」

錢搖搖頭笑道。

「又搬出仲明拿手的孫子兵法了啊！你說給我聽吧！我已經忘了。」

「接下來是這樣的『不可勝在己，可勝在敵。故善戰者，能為不可勝，不能使敵必可勝。故曰：勝可知，而不可為。』

也就是說以前的名將會做好萬全的準備，不讓敵人趁虛而入，等待能夠戰勝敵人的時機到來。

是否能夠做好萬全的準備是由自己來決定的，但是，是否能戰勝敵人則由對方來決定的。

所以，即使是身為名將，並已經做好準備不使敵人趁虛而入，可是不見得就能夠戰勝對方。

因此，就算我們能夠預知道自己的勝利，但是否能夠實現，還是要看敵人的行動。」

劉仲明微笑著，錢建華也點頭說道：

「的確如此。首先要鞏固本島的防衛。」

「我贊成你的戰術，也就是捨棄東沙群島的戰術。」

「嗯。」

「為了防守臺灣本島的戰力，盡可能地要加以保存，應該將戰力集中在本島。建華，你的想法是正確的。」

「本島防衛最優先戰略，就是這場戰爭的基軸。因此，不只是東沙群島，也應該從金門島、馬祖島撤退。絕對要避免在無用的地區做無謂的犧牲。」

劉摸摸下巴說：

「問題是，為了要使我國勝利，也必須要對對方採取一些行動。」

「你想怎麼做？」

「我明天飛香港。到香港的航空路線還開放吧？」

「還開放。沒開放的話就先到琉球再轉飛香港就好了。」

「很好，那就去吧！」

「去香港做什麼？仲明。」

「到廣州去見某個人。見到他，打開活路。」

劉臉上露出神秘的笑容。

「見誰啊？」

「我的朋友。」

劉將他的名字告訴錢。錢驚訝地看著劉。

「這個人不是敵軍的司令官嗎？就是打算攻擊我國的敵軍將領。」

「的確是的。我去建立敵中敵。」

劉仲明表情嚴肅地說著。

第三章　東沙島淪陷

東沙島　七月九日　晚上二十二時

眼前一片閃光。幾乎在同時聽到震耳欲聾的爆炸聲。

敵人開始發動攻擊了。

蔡少尉趕緊將線管插入安置在鐵塔底部的塑膠炸彈中。轉動固定定時引爆裝置的輪盤，刻度設定在三十分鐘後。

砲彈在近距離炸開。蔡少尉反射性地趕緊在地上躲避暴風。

這是首次的實戰經驗。聽到演習時習慣的砲擊聲，知道是同志所發出的砲彈，絕對不會砲擊自己。蔡趁著砲擊的空檔站了起來，從鐵塔底部跑開。全力往前跑，雷達設施就在眼前。

砲彈的聲音劃過頭上，在附近炸開。霎時耳朵什麼都聽不到了。沙土滾滾而來。

蔡少尉趕緊抱著頭盔，躲在雷達設施的陰暗處。爆炸聲響起，設施也不斷地搖晃。是直擊彈。設施的建築物發出巨大的聲響開始瓦解。在建築物中作業的中士們發出哀嚎。

「李中士！不要緊吧？」

蔡少尉大叫著。這時通知敵襲的警報才開始響起。

「衛生兵！衛生兵！」

聽到小隊中士李的吼叫聲。但是聲音被陸續掉落在雷達設施周邊的砲彈聲所掩蓋。到處飛沙走石。

蔡少尉站起來，跑向中士所在的水泥製建築物。

建築物直接受到砲彈的轟擊，已經成為半瓦礫狀態。

在原來是入口的鐵門旁邊有兩個人影。蔡少尉掏出軍用手電筒，看到抱著滿身是血的部下的李中士。

「畜生！振作一點！」

中士拼命地搖晃抱著的士兵身體。士兵的右腳被炸飛了，鮮血迸出來。蔡少尉用手抵住士兵的手腕。脈搏已經沒有跳動了。

「中士，來不及了！」

李中士點點頭。蔡少尉發現中士左手臂也受傷了。

「你也受傷了！」

「小隊長，我不要緊。」

中士終於放棄地把部下士兵的身體放在地上，將掛在脖子上的識別證撕碎。蔡少尉對著後面的黑暗處叫道：

「衛生兵快來！」

衛生兵從後面的黑暗處，連滾帶爬地跑過來了。

砲彈持續炸開來。飛沙走石不斷地落下。蔡少尉和中士們聚集在一起。把崩塌的建築物的水泥牆當成防禦牆。

衛生兵為中士的手臂裹上止血繃帶，為他止血。

「這些傢伙真的打過來了。」

中士怒吼著。蔡少尉也叫道：

「轟炸結束他們就要登陸了。在此之前要決一勝負。炸藥安置好了嗎？」

「ＯＫ！隨時都可以爆破。」

「好，撤退！」

蔡少尉命令中士和衛生兵。

集合場所在港口。只要撤退到那兒，並使安置好的炸藥爆炸，任務就算完成了。

中華民國陸軍第八師團第三工兵大隊第二工兵中隊的任務，就是在東沙島撤退作戰中，將撤退後陸、海、空軍的基地設施全部破壞，不讓敵人使用。

蔡少尉所指揮的小隊的任務是，徹底破壞陸軍基地司令部的中樞設備，也就是雷達設施和電子機器。

因此，小隊全員散布在各設施，在司令部建築物內部安置炸藥。

佔據警備東沙島的陸、海、空三軍的守備隊六千人，在臺灣統合司令部的撤退命令下，今天晚上之前要分別到達在海灘等待的登陸艦船。而且為了不讓敵人發覺，必須要花三天的時間，趁著夜晚進行部隊的撤退，白天還要假裝部隊仍然屯駐於此進行無線通信或者是飛機起飛等欺瞞工作。

作戰名稱「寄居蟲」。就是要像寄居蟲一樣更換住宿處，在敵人登陸時，基地和防衛陣地都已經人去樓空，這種作戰的目的就是不讓敵人得逞。

蔡少尉一邊用手按著鋼盔，一邊跑向對空高射砲陣地。因為安置炸藥結束的小隊隊員們都要在那兒集合。

基地的發電設施並沒有被砲彈破壞，還在運作著。還可以看到基地內的點點照明。在微弱的光線中，還可以看到工兵們從基地設施跑向高射砲陣地。

蔡少尉及中士、衛生兵一起跳入周圍堆滿沙包的高射砲陣地中。接著由幾名士兵陸續連滾帶爬地跑進來。

「小隊長，沒事吧？」

分隊長何上士和他的部下們躲在沙包陰暗處。

「上士，發電設施那邊處理得怎麼樣？」

「已經結束了。定時引爆裝置已經固定好了。還有三十分鐘爆破。」

「很好。損害的情形呢？」

「我們全部都沒事。」

何上士看看部下。這時一大堆砲彈又朝基地發射。火箭彈陸續著地。看見通信塔被炸裂，在閃光中倒下。散布在基地的建築物都粉碎，有一部分已經開始燃燒了。

突然在基地外的方向，聽到一聲巨大的爆炸聲。霎時地動天搖。

知道對方發射了地對空飛彈。接著冒出熊熊的火燄，黑煙冉冉升上夜空。航空燃料槽被炸壞了。

已經來不及去取出燃料槽的油了。但是蔡少尉卻想這樣就不用費事去爆破燃油槽了。

「小隊長！中隊本部。」

已經在陣地待命的通信兵，將無線電通話器交到蔡少尉手中。

『這是本部。……告知狀況。』

無線電非常地吵雜。每當爆炸時聲音更為吵雜。

「這是查理（C小隊）。敵人正在進行猛烈的砲轟。有幾名死傷者。」

『了解。查理……．任務完成了嗎？』

「正在進行任務當中。完了時會向本部報告。」

『了解……。完了時脫離基地。』

「了解。通訊完畢。」

蔡少校將通話器交給通信兵。

這時砲彈拼命地轟炸大地。基地設施陸續遭到破壞。每當砲彈著地時，劃出閃光，爆風捲起滾滾沙土撒在蔡少尉等人的頭上。

蔡少尉等人蹲在陣地中，盡可能地縮著身子。

「小隊長，看這個樣子就算不安置炸藥也不要緊了。」

何上士大聲叫著。

「說的也對。」

蔡少尉如此地回答。看著手錶。夜光錶的指針已經指到十點多的位置。即將到達撤退的時刻了。安置好炸藥就必須要離開島。大規模的砲轟之後，敵人一定會進行登陸作戰。現在已經知道敵人的艦隊就在島的西方。接下來的問題就是敵人會在什麼時候發動攻擊。看來攻擊可能已經開始了。

感覺爆炸聲音開始減少了。這時結束作業的部下從各設施跑入高射砲陣地。何上士從沙袋中探出身子，大聲鼓勵跑過來的部下：

「快點，快點！趕快跑過來！」

「不要發呆！快跑，快跑！」

李中士也從沙包那兒探出頭來。叫著部下。

蔡少尉也站起身來，檢查滾入沙包陣地中的部下們。

回到沙包內的部下人數十八人。戰死的人數三人。還有八人沒有回來。

何上士叫著部下的名字，開始點名。

回來的部下們，每當滾入沙包中時就會向蔡少尉報告各設施的炸藥已經安置完畢。

陸續報告同志的死傷者數。平安無事的隊員們蹲在沙包陣地中。因為一旦敵人砲擊此處，整個小隊就都會被消滅。所以雖然全部的人還沒有集合完畢，可是蔡少尉還是決定陸續撤退。

「何上士，下令全員撤退！到集合地點去！」

「知道了！」

何上士對部下大叫道：

「各自準備撤退！趁著砲轟的空檔跳出去！」

準備撤退的李中士，問蔡少尉：

「小隊長你呢？」

「我留在這裡。還有人沒回來。」

「我留下來！請小隊長撤退。」

「這是命令！你和上士一起走。」

中士似乎感覺很迷惑似的，但是立刻機警地反應。砲聲稍微停止了。上士跳出沙包，大叫著：

「走！」

李中士也帶著部下跳出去了。

沙包陣地中只剩下蔡少尉和通信兵。再度開始猛烈地砲擊。部下的身影消失在土塵硝煙中。近距離彈陸續爆炸。蔡少尉咬牙切齒。

還沒有回來的部下是二班與七班的八人。二班的四人負責彈藥庫，七班的四人負責地下電腦指令室的爆破任務。

「是中隊本部。」

通信兵把通話器交給蔡少尉。蔡少尉將鋼盔邊緣往上推，用耳朵抵住通話器。

「這是查理。完畢。」

『這是本部。αBravo已經開始撤退了。查理，立刻開始撤退。』

「了解。現在一部分已經開始撤退了。部下朝集合地點前進。」

『了解。告知你現在的位置。』

「在第一集合地點等待。還有八名部下沒有回來。」

『你也立刻撤退。』

「我再等一會兒。」

『立刻撤退！這是中隊長命令。』

「了解。立刻撤退。通訊完畢。」

蔡少尉將通話器交還給通信兵。蔡少尉還靠在沙包上觀察外面的情形。看著手錶。

距離爆破還有十五分鐘。

「小隊長！撤退的命令該怎麼辦？」

通信兵用顫抖的聲音問道。

「我再等十分鐘。你先走吧！」

「不，我也要留下來。」

通信兵好像已經下定決心似的。在沙包的周邊也有炸彈陸續炸開。掀起的沙石從頭上落下來。蔡少尉壓住鋼盔，臉貼著沙包壁。還是沒有辦法抵擋砲擊。

在滾滾煙塵中看到幾個人影朝這跑過來。

「在這裡！」

蔡少尉向他們招手。前面有四人，後面有三人跑過來。前面四人當中有一人好像受傷了似的，一個人扛著傷兵，好像抱著他的身體似地往前跑。

猛烈的砲擊又開始了。帶頭的兩個人被爆風打中，仆倒在地。其他的部下們消失在砲煙中。

「加油！快到了，快跑啊！」

蔡少尉鼓勵部下們。

終於有一個人到達沙包，滾了進來，胸口冒出鮮血。通信兵趕緊用止血帶包紮他的傷口。

其他的部下蹲在土煙中，或者是倒在那兒無法動彈。

「畜生！」

蔡少尉從沙包一躍而出。衝向砲煙中，滾到最近的士兵身旁。士兵頭被炸得粉碎，已經死掉了。

砲彈在附近爆炸，土沙小石到處彈跳。

蔡少尉彎著腰在砲火中奔馳。蔡少尉跑向抱著傷兵蹲下來的部下那兒。

「振作一點！」

蔡少尉抱起兩人。兩人全身都被血染成紅色。其中一個人的手臂斷了。而抱著這名士兵的另一人側腹和胸也受傷了。

只有一隻手臂的士兵已經斷氣了。蔡少尉扛著還活著的士兵。

「小隊長！別管我，你快逃吧！」

「別說蠢話！我們一起回去！」

蔡少尉扛著士兵跑向沙包。砲彈在周圍陸續炸開。

近距離砲彈的爆風襲擊蔡少尉，蔡少尉和士兵一起被震得跌倒在地。傷兵被震飛了。而砲彈直接轟炸在傷兵身上。傷兵的身體血肉橫飛。

「小隊長！」

通信兵從沙包內跳出來，跑向蔡少尉。蔡少尉右手臂扭曲，大腿部出血。通信兵抱起蔡少尉，把他拖到沙包內。而到達沙包的傷兵們也跳出來，一起把蔡少尉拖到陣地內。

「部下呢？」

蔡少尉躺在沙包的陰暗處，詢問喘氣的通信兵。通信兵搖搖頭。砲彈暫時停止轟炸。在漸漸消失的土煙當中看到倒在地上的士兵們。全都一動也不動地躺在那裡。

「通信兵，向本部報告狀況。」

蔡少尉吩咐通信兵。通信兵拿起通話器。

「中隊本部，中隊本部。這裡是查理。請回答。」

『這裡是本部。請說。』

「這裡是查理。小隊長受傷。請求救援。」

『查理，告知現在的位置。』

「現在在第一集合地點。」

『還沒撤退嗎？應該已經下達撤退命令了！完畢。』

蔡少尉從通信兵那兒接過通話器。

「這裡是查理。小隊員到達第二集合地點了嗎？」

『全部平安無事到達了。我們現在立刻去救你。』

「了解。」

蔡少尉安心地嘆了一口氣。將通話器交還給通信兵。通信兵好像想說什麼似地看著蔡少尉。在這一瞬間蔡少尉看到天空有火盤飛來。

閃光籠罩大地。淒厲的爆風震飛了沙包陣地。通信機的破片散落在地面上。

2

東沙島海域　七月十日　晨二時五十分

一片黑色海洋。東沙島的方向依然持續著敵人的砲轟。不斷亮起的閃光使島的輪廓朦朧地浮現出來。

臺灣海軍護衛艦「汾陽」艦九三四號，趁著夜晚打算脫離東沙島海域。「汾陽」艦艦長聶少校站在艦橋上，用望遠鏡看著漸去漸遠的島嶼。

在「汾陽」的旁邊，兩艘載著留到最後的工兵大隊士兵的登陸艦熄掉舷燈，在黑暗的海面中靜靜地航行著。另外還有僚艦九二五「德陽」，以及護衛艦一一〇一「成功」等五艘船艦。

「汾陽」負責整組護衛艦隊的殿後工作。兩艘登陸艦在甲板上裝備了對空飛彈，只具備著對敵人的飛彈攻擊發射防禦彈的裝置而已。但是一定要保護他們，將他們帶回臺灣本島。

登陸艦開得很慢。因此必須要配合登陸艦的速度航行。

聶艦長命令操舵員。

「取舵十度。中速前進。十七海里。」

「取舵十度。中速前進。十七海里。」

護衛艦「汾陽」是美國海軍撥過來的護衛艦。

這種護衛艦總重量三〇一一噸，最大速度二十七海里。標準配備包括二十釐米CIWS一門、「雄風2型」反艦飛彈四門、標準SAM一門、七六釐米單裝砲一門。附帶一提，「雄風2型」反艦飛彈是魚叉對艦飛彈的臺灣版。

船艦的艦齡很老，因此美國海軍當成舊式護衛艦撥給臺灣，但是還是能夠成為現服役艦中具有優秀性能的護衛艦。

島上燃起大火柱。好像是信號似的，接著又燃起三、四條火柱。工兵隊所安置的炸藥最後連續爆炸。

聶艦長用望遠鏡看著火柱位置，確認是在海軍基地設施或飛行場的倉庫附近。

島上又發生了另一起大爆炸。好像煙火似的豪華火柱冉冉上升。

「艦長，彈藥庫著火了！」

在旁邊用大型望遠鏡觀察的偵察員叫道。彈藥庫在島的西側。是預定最後才爆破的場所。

「好，通信士，連絡司令部。我們的撤退作業已經結束了。」

通信士復誦。

「汾陽」已經在距離東沙島東南十公里的位置上。

根據偵察機的觀測，最新飛彈驅逐艦及包括飛彈護衛艦在內的敵南海艦隊主力十艘，接近東沙島北側三十公里。同艦隊有強襲登陸艦和戰車登陸艦艇十五艘，以及五十艘以上的飛彈高速艇相伴，總計為七十五艘的大艦隊。

島的西側三十公里的位置，也有以飛彈護衛隊為主的南海艦隊的分隊六艘船艦。而且島的東北四十公里的位置，有敵人東海艦隊主力八艘船艦，以及隨行的飛彈高速艇三十艘在接近中。

從三方面包圍島，在島的周圍有十七艘敵人潛水艦隊，進行島嶼的海上封鎖行動。

但是，東沙島的南側防衛薄弱，好像是敵人司令部有意為屯駐部隊打開一條逃生之路似的。

如果完全包圍島嶼，斷絕了撤退的後路，則就好像窮鼠咬貓的比喻一樣，駐屯部隊一定會拼命抵抗，同時為了加以救援一定會有支援反擊出現。

敵人也考慮到這一點，藉著這種方式避免一些不必要的犧牲或損害。

『艦長！』

CIC室透過內部通信設備進行緊急連絡。艦長很緊張。

『敵人的對艦飛彈發射了二十八枚。方位三四四與三五〇距離四十公里。以時速九〇〇公里的速度接近我方。』

這是從敵人南海艦隊主力的飛彈驅逐艦及飛彈護衛艦方向發動的攻擊。非常警戒笛響起。是通知飛彈迎擊的警報。

「全員就位！準備對艦飛彈戰鬥！」

「全員就位！準備對艦飛彈戰鬥！」

聶艦長持續下達命令。

「對空飛彈發射！」

「對空飛彈發射。」

戰鬥士官叫著。艦橋背後響起發射音。冒出紅色的火燄，一枚枚的標準飛彈朝著星空高高地飛去。

對艦飛彈的防禦戰最確實的方法，就是在目標到達前將其擊落。而方法就是距離飛彈二十到三十公里的範圍內，使用ＳＡＭ的ＭＲ標準飛彈。在二十公里內使用短ＳＡＭ飛彈，在十二公里以內的話則要利用六二口徑七六釐米速射砲或一二七釐米速射砲將其擊落。

對於無法擊落的飛彈，最後的手段就是利用ＣＩＷＳ的二十釐米鋼砲以及鋁箔彈等欺瞞手段。

看到僚艦的ＳＡＭ標準ＭＲ飛彈也陸續升上天空。

聶艦長凝視著火燄消失在空中，命令戰鬥士官。

「準備發射雄風飛彈！」

「準備發射雄風飛彈。」

戰鬥士官復誦。瞪大眼睛。既然敵人發動對艦飛彈攻擊，當然必須毫不留情地加以反擊。被動的防禦戰只會被敵人毀滅。面對逼近東沙島的是中國海軍一百二十艘以上的船艦，而撤退部隊的護衛戰隊只有五艘，以艦隊決戰而言，終究是無法獲勝的戰爭。

但是，攻擊才是最大的防禦，這也是事實。怎麼可以不戰，一開始就像隻鬥敗的狗夾著尾巴逃跑呢！

艦對艦飛彈ＳＳＭ「雄風２型」反艦飛彈，是美國海軍實用裝備全天候型的亞音速巡航飛彈。最大射程一四八公里。

誘導方式採慣性誘導，一旦發射飛彈急速上升之後，藉著中間誘導裝置的指示能夠下降到海面上數公尺，保持掠過水面的飛翔高度，以馬赫〇・八五的速度朝目標前進。

最終誘導由雷達負責雷達搜索目標。一旦鎖定目標之後，飛彈由上空以七度的淺角度衝向敵艦。飛彈的信管事先已經設定好了，即使沒有命中目標也會在附近爆炸，給與目標損害。

「雄風全彈發射！」

「雄風全彈發射。」

戰鬥士官復誦。

後部甲板上四連發的發射機連續發射「雄風２型」反艦飛彈，在夜空中拖著火

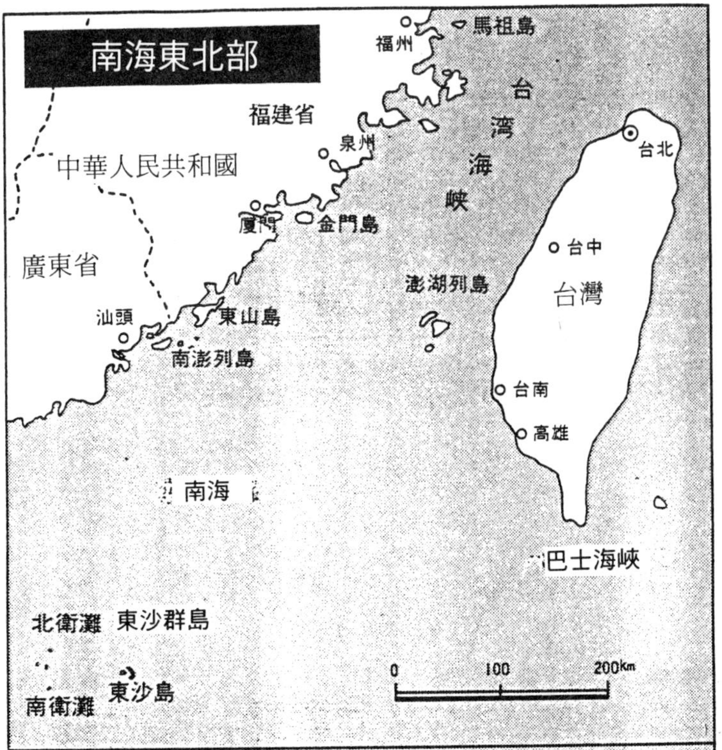
南海東北部
馬祖島
福州
台
灣
海
峽
福建省
泉州
台北
中華人民共和國
廈門
金門島
台中
廣東省
澎湖列島
台灣
汕頭
東山島
南澎列島
台南
高雄
南海
巴士海峽
北衛灘
東沙群島
南衛灘
東沙島
0
100
200km

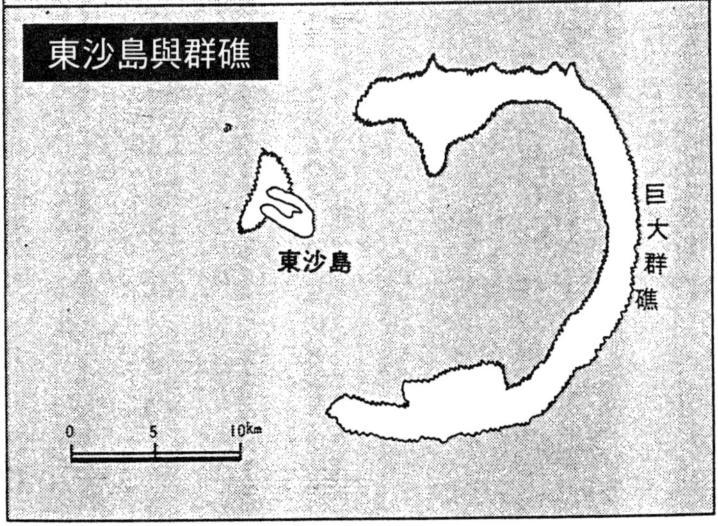
東沙島與群礁
巨大群礁
東沙島
0
5
10km

燄急速上升。

『還有四分二十秒到達目標。』

CIC室發出通報。

聶艦長一直凝視著黑暗的海面。即將到SAM標準飛彈迎擊敵人飛彈的時刻了。艦長希望能夠擊落對方的飛彈。

『SAM對空飛彈到達時刻是現在。』

CIC室叫道。

「怎麼樣?」

聶艦長很緊張。

『擊落九枚!敵人飛彈有兩處通過第一防衛線。剩下十九枚。』

聶咬著嘴唇。因為用SAM只擊落了三分之一的飛彈而已。

CIC室報告。

『敵人的飛彈接近第二防衛線。距離二十公里。』

敵人的飛彈正時時刻刻接近第二防衛線。艦長命令戰鬥士官:

「準備發射短SAM飛彈!」

「準備發射短ＳＡＭ飛彈。」

ＣＩＣ報告。

『飛彈接近距離二十公里。短ＳＡＭ發射！』

同時聽到在艦橋前方短ＳＡＭ飛彈的發射臺，有兩枚飛彈留下噴射音猛然朝向黑暗的虛空飛翔。又發射兩枚。

看到僚艦也陸續發射拖著火尾的短ＳＡＭ飛彈。

『艦長，偵測到敵人航空部隊。方位○一○、三五○、三六○。距離各為二五○公里、三八○公里、四一○公里。都朝著東沙島海域而來。』

ＣＩＣ報告新的敵人接近。聶艦長對通信士說：

「請求司令部航空支援。快點！」

通信士復誦。

戰鬥告急。在身旁的航海士官趙上尉說道：

「艦長，察覺到敵人的潛水艇。」

趙上尉放下望遠鏡，艦長點點頭。不僅是從海、空兩方面，如果還遭受海中潛水艇的攻擊，則護衛戰隊的防衛網將會被突破。聶艦長好像祈禱似的對ＣＩＣ室說：

「CIC，敵人的潛水艇在哪？」

『現在聲納還沒有反應。』

即使是聲納沒有反應也不能夠安心。因為潛水艇可能會潛藏在聲納難以捕捉到的海底。如果要進行真正的對潛搜敵工作，則必須要派遣對潛直升機投下聲納浮標，探測海中才行。

『短SAM與敵對艦飛彈到達時刻！』

CIC室報告。艦橋瀰漫著緊張的氣氛。

『敵人飛彈消失了七枚。又擊落四枚。』

「剩下的呢？」

『還有八枚突破第二防衛線。距離是十五公里。接近第三防衛線。』

聽到CIC室的報告。聶艦長冷靜地說道：

「準備對空砲射擊！」

「準備對空砲射擊。」

護衛艦「汾陽」配備五英吋單裝速射砲MK—42二門。而僚艦的護衛艦也各自裝備了三英吋的連發砲及七六釐米速射砲。當飛彈進入第二防衛線的十二公里線就會自動發射。

『飛彈距離十二公里。開始對空砲射擊。』

聽到ＣＩＣ室報告的同時，前後部五英吋單裝速射砲猛烈地發射。聽到震耳欲聾的聲音。

五英吋單裝速射砲最大射程二十三公里，最大射高一萬四千八百公尺。發射速度每分鐘四十發。

『對艦飛彈一枚目標指向本艦。另一枚指向登陸艦「黎明」。』

「一定要擊落飛彈。」

艦長命令戰鬥士官。「汾陽」的任務就是以護衛登陸艦為第一任務。

『距離接近為九公里。擊落三枚。還有五枚敵人飛彈正在接近我方艦隊。』

萬一對空砲漏掉了敵人的飛彈該怎麼辦？於是艦長下達命令：

「準備發射鋁箔彈！」

「鋁箔彈發射準備ＯＫ！」

鋁箔彈能夠在空中放出鋁箔雲，欺瞞敵人的雷達，並誘導敵人的飛彈在錯誤的位置爆炸。一邊投出鋁箔彈，一邊用二十釐米火神砲將其擊落。

「ＣＩＷＳ發射準備！」

「ＣＩＷＳ發射準備。」

艦長命令陸續被復誦著。通信士叫著。

「艦長，旗艦有連絡。命令全力防衛艦隊。」

聶艦長點點頭。不用吩咐我也知道，當然要全力以赴。

『艦長，敵人第二波的對艦飛彈二十發，陸續接近中。方位……』

ＣＩＣ持續報告。艦長命令發射ＳＡＭ標準飛彈。

聶艦長緊抿著嘴唇。敵人又發射了對艦飛彈。

重新再裝上的ＳＡＭ標準飛彈，又持續留下發射音，飛翔到高空中。

『艦長，敵人的飛彈突破第三防衛線。接近本艦。距離六公里。』

ＣＩＣ室的報告。這次聽到ＣＩＷＳ的二十釐米火神砲的聲響。因為感應到敵人的接近而自動開始射擊。

聶艦長大聲命令。

「全速前進。左滿舵。」

「全速前進。左滿舵。」

護衛艦「汾陽」船身傾斜，開始躲避。船頭劃破白浪，在黑暗的海上拼命前進。

『飛彈接近。距離四公里。發射鋁箔彈。』

CIC的報告。同時聽到從艦橋傳來沉重的發射音。

鋁箔雲在黑暗中陸續飛散開來，在速射砲和火神砲釋放的閃光中綻放光輝。

鋁箔雲會因當時風向和氣象條件的不同，使得效果產生很大的差距。而且如果不能夠把握絕妙的時機打出去的話，就沒有辦法欺瞞飛彈。

「右滿舵。」

「右滿舵。」

這次船身朝相反方相傾斜。「汾陽」已全速進行避敵行動。

可以利用鋁箔雲在空中飄浮的期間，當成煙幕來運用，改變船艦的航向。同時還可使飛彈鑽進鋁箔雲中。

『擊落兩發飛彈。還有一發飛彈朝本艦衝過來。距離三公里。』

CIC士官的聲音。飛彈根本對鋁箔彈不屑一顧，正在逼近中。

聶艦長可以感覺到在右邊海面上的光芒。二十釐米火神砲不斷發射。火光劃過虛空與白光交錯。

接下來的一瞬間，光在黑暗的天空中爆炸，散落一地火花。

『擊落！另一枚接近僚艦。』

CIC士官叫著。

「擊落它！擊落它！」

戰鬥官大叫著。聶艦長凝視前方黑暗處。

突然，黑暗處火柱上升，護衛艦黑色的艦影十分眩目。火柱發出劇烈的爆炸聲響。非常警戒鈴響起。那是改裝武進1號型的護衛艦「秋陽」。「秋陽」並沒有配備CIWS。

艦橋的值班士官們都沉默不語。

『飛彈全部都被擊落了。』

CIC的操作員低沉地說著。黑暗的海上，我方護衛艦燃燒著熊熊烈火，似乎快要沉沒了。

「趕緊去救援！除了戰鬥要員以外的人全去救助僚艦。」

聶艦長冷靜地說著。

「航向〇九〇。」

「航向〇九〇。」

「中速前進。時速十五海里。」

「中速前進。」

「到達現場減速。」

艦長看著黑暗的海面，搜索著肉眼看不到的敵人。戰鬥正在持續當中。還不能掉以輕心。現在最重要的是要趕緊脫離敵人的射程範圍。

『艦長，敵空軍機大編隊接近。距離一二〇公里。』

CIC室報告。

「方位呢？」

『第一編隊三三〇、第二編隊〇二〇、第三編隊三五五。』

艦長咬著嘴唇。一難剛過一難又來。現在的敵人的空軍蜂擁而至。而短SAM飛彈只剩下幾枚了。

不只是「汾陽」，其他的僚艦也只剩下十幾枚的短SAM飛彈。即使現在的艦艇有對空飛彈裝備，但是對於來自空中的攻擊還是很難抵擋，這個弱點古今都沒有改變。

「艦隊司令部的回答如何？」

「我方航空部隊已經出發了。」

通信士回答。聶艦長鬆了一口氣。只要空軍趕來支援就能平安無事地逃走。

『艦長，是雄風的目標到達時刻了。』

CIC室報告。艦長和趙上尉互看對方。這次輪到敵人手忙腳亂了。

『雄風命中二枚。有二枚被擊落。』

CIC室報告。艦橋上一片喜悅之聲。

「敵艦的種類呢？」

『以艦影的大小來推測，一艘為護衛艦，一艘為登陸艦。還有一艘小型艦艇。』

「僚艦雄風如何？」

『命中五枚，其餘的被擊落了。』

包括「汾陽」在內，六艘護衛艦所發射的「雄風2型」反艦飛彈全部有十四枚。其中七枚命中敵艦。

「旗艦的連絡。救出僚艦組員之後，以環型陣形脫離戰場。汾陽維持後衛位置。現在，空軍正趕往支援。」

通信士告知。

「回答旗艦了解了。」

聶艦長下達命令。

「只要空軍能來的話，我們就可以獲得解救了。一旦遭遇敵人空軍的襲擊，我軍可能會全滅。」

趙上尉鬆了一口氣似地說著。

「只要空軍能趕來就不擔心了。並且還要再努力挫挫敵人的銳氣才行。只要展示我軍的堅強，相信敵人想要發動本島攻擊也會多加考慮。」

聶艦長好像要鼓勵艦橋要員似地這麼說。

就在這個時候，非常警報響起。

『敵人飛彈第二波接近。距離二十二公里。不久之後ＳＡＭ到達。』

ＣＩＣ室的報告。聶艦長重新調整情緒，凝視著黑暗的海面。

3

東沙群島海域　七月十日　上午四時十分

在遼遠的天空中，東方已經開始泛白了。不久之後就是黎明，陽光將會灑落下來。但是，南海還是在一片黑暗之中。

臺灣空軍第五戰鬥航空團第一大隊第二中隊的F—一〇四D／J十二架，為了支援東沙島撤退，從基地起飛，到達戰鬥海域。飛行上士傅上士，透過愛機F—一〇四J的頂蓋，凝視著黑暗的南海。在一點鐘方向看到東沙群島的島影。

距離東沙島還有二十海里（約三十六公里）。

高度三萬五千英尺（約一萬公尺）。

在這左右的空域有用肉眼看不到的機影，距離稍遠處有同志第一中隊和第三中隊的編隊在飛行。

敵人終於開始登陸東沙島了。傅飛行上士不滿司令部的那些人，不知道他們到底在想些什麼？先佔領東沙島，接下來就會佔領中華民國臺灣。到時候，臺灣就會交到共產主義者的手中了。可是不但不防衛島嶼，反而命令守備隊不要抵抗就撤退，實在是太過分了。只要想到世界上的人可能會認為這才是臺灣國軍的真正姿態，就會覺得這真是一種難以忍受的屈辱。

中華人民共和國只不過是紙老虎而已。就算是地廣人稠，但也不算是真正的強國。關於這一點，只要看小小越南卻能夠戰勝美國的事實就可以瞭解了。

雖然人口只有二千二百萬，可是以往臺灣國軍從來沒有怕過中共軍隊。

『進入戰鬥空域。ＢＲＡＶＯ　ＦＬＩＧＨＴ（Ｂ編隊），ＡＣＭ準備。』

隊長機聽到王上尉的命令。ＡＣＭ是空中戰的意思。

「ＢＲＡＶＯ　ＴＷＯ（Ｂ編隊第二機ＯＫ）。」

傅飛行少士對著麥克風回答。接著透過耳機聽到僚機第三、第四機的簡短應答。

『ＴＨＲＥＥ』、『ＦＯＵＲ』。

第三機的駕駛是胡中尉，第四機的駕駛是最近才調到第二中隊的譚少尉。

傅飛行上士看著一片漆黑的海浪。護衛島上撤退部隊的我方艦隊應該在某處才對。因為進行燈火管制，沒有辦法用肉眼確定艦隊的所在，但是雷達一定可以捕捉到艦隊。

天空漸漸變藍。東方已經開始覆蓋白色的陽光。

傅飛行上士看到左斜上方有F－一〇四J的銳角機體。他覺得真美啊！在周圍的天空並沒有看到敵人的機影。左後方有第三、四架的F－一〇四J跟著。

洛克希德F－一〇四戰鬥機是世界上最早的馬赫二級超音速噴射戰鬥機。在剛出現時被稱為「最後的有人戰鬥機」，曾經蔚為話題，為世界各國空軍所採用。

臺灣空軍F－一〇四J是在一九六〇年代在日本航空自衛隊所使用的機體。自衛隊到了次期採用鬼怪F－四當成主力戰鬥機，因此從第一線退休的F－一〇四D和F－一〇四J則由臺灣空軍接收。

日本的航空自衛隊進入九〇年代以後，就採用最先進的F－一五J鷹來取代F－四EJ。而臺灣到現在為止，在第一線還是配備中古的F－一〇四J。

這是因為F－一〇四J為中古機種，購買價格便宜，而且是日本盡量加以改良的機種。即使是老舊的機種，可是假想敵的中國空軍，在第一線卻配備比F－一〇四J更老舊的MiG一九以及MiG二一，所以F－一〇四J還能夠充分應付。

F—一〇四J的資料如下。全長一六・七公尺，全寬七・〇公尺，全高四・一公尺，總重量九・五公噸，最大離陸重量十二・四公噸，最大速度馬赫二。續航距離三一〇〇公里。乘員一名。

主要的武器裝備為在機頭左側固定裝備M—六一、二十釐米火神砲，主力下面和機身下面各標塔可以搭載AIM9J／P響尾蛇、或AIM—4D獵鷹、蜻蜓等空對空飛彈或十二・七英吋火箭彈。

F—一〇四J為了追求徹底的速度和上升力，因此機體如短刀，有非常流線的外觀，就好像貴婦一般，有高貴的氣質。主翼的面積非常小，翼面的載重量很高。但是缺點就是在小旋轉時會不順暢，及在著陸時下沉率非常的高。所以，即使是老練的飛行員，在著陸時還是經常會冒出冷汗來。

自衛隊因為F—一〇四J高貴的外型，而將其稱為「伯爵夫人」。另外，又因她的特異操縱特性，容易發生墜機事故，所以也有「寡婦」之稱。

但是，傅飛行上士卻偏愛F—一〇四J。上士曾經也有機會接受次期戰鬥機IDF「經國號」的戰鬥機的操作訓練，但是因為他太喜歡F—一〇四J了，所以將這個榮譽讓給別人。

因為在F—一〇四J的操縱上，傳飛行上士堪稱臺灣空軍中捍衛戰士，所以長官也不願意勉強他變更機種，還是讓他繼續駕駛F—一〇四J。

『雷達管制臺呼叫鷲。敵人編隊接近。第一群在方位〇一〇方向。距離一三〇公里。第二群在方位三五〇方向。距離二〇〇公里。第三群在方位三六〇方向。距離二六〇公里。α、BRAVO、查理攻擊第一群。』

通話器傳來雷達站女子尖銳的聲音。鷲是第一大隊第二中隊的暗號。

『α（A編隊）收到。』

『查理（C編隊）收到。』

在左翼的A編隊，和在右翼的C編隊回答。

『BRAVO（B編隊）收到。敵機機數多少？』

聽到王上尉的應答。

『第一群三十架以上。編成五、六個小編隊飛行。第2群約二十架。第3群為三十架。』

『第一群的機種呢？』

『J—7Ⅲ或者是J—7Ⅱ。』

『了解。』

傳飛行上士暗自竊笑。敵人第一群J—7Ⅲ和J—7Ⅱ有三十架以上。而我軍F—一〇四J只有十二架。是一比三。雖然在數目上處於劣勢，但是如果採用先發制人的攻擊的話，絕對不會輸給對方的。

J—7Ⅲ為殲擊7型Ⅲ戰鬥機，是將MiG—二一MF魚窩J再提升力量的中國版發展型。具有全天候能力，搭載西方國家的電子機器。是在一九八四年首次飛行的新機種。

J—7Ⅱ為殲擊7型Ⅱ戰鬥機。基本上是改良MiG—二一F魚窩C的量產型機種，比J—7Ⅲ的性能稍差。是現在中國空軍中使用最多，配備在各地的大眾化戰鬥機。

總之，不論是J—7Ⅲ或是J—7Ⅱ，都是第一線戰鬥機，足以應付對手。

『基地。繼續請求GCI。BRAVO移到第八頻道。』

王上尉的聲音，在鋼盔內的通話器中響起。GCI（Ground Controlled Interception）是雷達站的管制官對戰鬥機進行無線誘導的要擊戰鬥。

傅飛行上士將無線電的頻道切換到八，對著麥克風說：

「Two！」

表示第二架機OK的意思。接著第三、第四架飛機也說出『Three』、『Four』的暗號。

『Bravo Flight Check in（戰鬥準備好了嗎？）。』

「Bravo Two。」

傳飛行上士立刻回答。

『Three』、『Four』。

第三、第四架飛機也立刻回答。因為敵人可能從旁接收所有的通話，所以對答中不需要一些無用的話語。較有默契的編隊都盡量使用最簡約的通話來溝通。

『拋下油槽，跟著我！』

聽到王編隊長的命令。全機都拋下安置在翼端的輔助燃料槽。編隊跟著第一架飛機一起旋轉，朝著敵人編隊的方向前進。

『散開！』

王編隊長下達指示。是指在四架飛機編隊成的第二分隊的位置，在第一分隊兩架飛機斜後上方五、六百公尺處的攻擊隊型。

『敵編隊第一群的距離為一〇〇公里。』

聽到雷達站的報告。

機上雷達還沒有開啟。

當然要用肉眼發現敵人並不容易，因此大都會使用雷達進行其工作。但是這也不是簡單的事情。因為機上如果使用雷達的話就會發出電波，而使敵人容易偵察到自己的存在，非常地危險。因此，在還沒有進入機上雷達有效的射程內，不使用機上雷達。而利用地上的雷達站和空中早期警戒管制系統（AWACS）來進行偵察。

臺灣空軍並沒有配備AWACS，因此，只好全都依賴設置在臺灣本島及澎湖列島的雷達站的雷達。

『BVR戰鬥準備。』

聽到王編隊長的命令。傅飛行上士一邊回答，一邊檢查對空飛彈的狀況。

BVR是視認距離外（Beyond Visual Range）的意思。BVR戰鬥是以雷達與對雷達誘導飛彈AAM為主體的作戰。

F—一〇四J在機翼下搭載AAM天劍二型空對空飛彈二枚，機身下方搭載A

AM天劍一型空對空飛彈二枚。

天劍二型為半活動式的中射程飛彈，據說有不亞於美國空軍AMRAAM的性能。

AMRAAM為發達型中射程（Advanced Medium Range）AAM。發射後在中間飛翔時能夠掌握母機的雷達反射波，確認目標的位置，利用慣性誘導飛翔。而接近目標時就會切換為飛彈內藏的自動雷達誘導來追蹤目標。也就是說，一旦發射就可以自動追蹤目標的最新型飛彈。

天劍一型為短射程紅外線追蹤方式的AAM，具有不亞於美國AIM－九S響尾蛇的性能。

天劍對空飛彈是臺灣傾出全力開發的國產AAM。

金黃色的陽光從斜後方穿過頂蓋射進機艙內。天空中的雲也被渲染成美麗的顏色。

『全速，一・八。』

王隊長下達指示。傅飛行上士應答，並將油門推向前方，速度突增，加速飛行。三號、四號機也立刻回答。F－一〇四J的編隊以馬赫一・八的超音速朝敵人飛去。

傅飛行上士的手臂震動。F—一〇四J的拿手戰法就是利用馬赫二速度和強大加速力的「一擊脫離」戰法。攻擊敵人，立刻撤退。因為F—一〇四J重視速度，所以機翼非常地小，旋轉力不良。所以一旦成為低速的膠著戰當然不利。

「一擊脫離」戰法就是用來對付具有空中機動力，但速度不快的戰鬥機。因為如此一來就無法追擊高速脫離的F—一〇四J。

F—一〇四J從正面看來機體很小，所以如果從正前方接近的話很難辨認。而且接觸雷達波的面積很少，因此，較不容易被發現。

『與敵人編隊距離七十公里。』

聽到管制塔的聲音。

『ECM準備。』

隊長機發出指示。ECM就是擾亂敵機雷達波和無線周波數的電子阻礙方式。這又分為有源方式和無源方式。

有源方式的ECM是利用雜音波擾亂對方雷達分布範圍的周波數帶地區。掌握對方所使用的周波數，加以擾亂。但是需要較大的電力裝置。如果是水上艦的話還可能，但是要搭載在飛機上的話就有一定的限制。必須要先掌握敵人的周波數再加以增幅，動些手腳，使對方誤認情報才行。

而無源方式的ECM則是利用鋁箔彈等欺瞞彈，使敵方誤認的方法。

太陽升上水平線。天空更添透明的湛藍。傳飛行上士環顧周圍的動靜。因為沒有使用機上雷達，所以就算附近的空域有敵機潛藏，也不見得能察覺。

敵人也有可能利用ECM進行欺瞞地上雷達的工作。隨時隨地都不能只光依賴機械，要用自己的眼睛來確認，這是傳飛行上士的信條。

『距離敵人編隊五十公里。敵人第一群分為兩組。一個編隊低空朝向東沙島飛去。可能是登陸部隊的接近航空支援部隊。另一個編隊則依然維持高高度在接近我方中。可能是護衛戰鬥機部隊。』

雷達站的聲音告知機員。

『接近航空支援部隊的機種為Q—5或者是Q—5改良型。護衛隊的機種為J—7型Ⅲ。鷲，準備殲滅敵人護衛戰鬥機。』

各編隊長簡短回答。

Q—5是中國名強擊五型的飛機。以J—6（殲擊六型）為基礎。提升引擎，增加武器搭載量，進行全方位警戒裝置的改良重攻擊專用機。J—6則是以MiG

一九「農夫」為基礎所生產的機種。

『敵人第二群、第三群急速接近中。第二群距離一二〇公里。第三群距離一六〇公里。任務可能都是進行地上攻擊機的支援護衛。由速度和機影來看，第二群和第三群的機種為Ｓｕ—二七或Ｊ—九、Ｊ—十。要注意。』

傳飛行上士聽到雷達站的說明，感到非常緊張。

蘇凱Ｓｕ—二七是舊蘇俄為了對抗美國空軍Ｆ—一五鷹，而開發出來的最新型的大型長距離制空戰鬥機。

Ｊ—九（殲擊九型）及Ｊ—十（殲擊十型）則是與以色列技術合作研究開發出來的最新型機種。外型與以色列自行開發的制空戰鬥機「ＲＡＢＢＩ」類似。詳細性能不得而知。不過，知道她的性能絕對不亞於Ｆ—一六或是ＩＤＦ「經國」戰鬥機。

如果不在對付敵人第一群之後立刻脫離戰場的話，則可能必須要遭遇對方的Ｓｕ—二七或Ｊ—九、Ｊ—十。即使是Ｆ—一〇四Ｊ遇到新一代高性能的戰鬥機Ｓｕ—二七或Ｊ—九、Ｊ—十，也不可能輕易與其作戰。

傳飛行上士等第二中隊的任務是，進行搭載撤退部隊的護衛艦隊的防空工作。

使艦隊平安無事地脫離敵人攻擊的範圍就算達成任務了。從第二中隊手中逃走的敵人，則由配備「經國」或是F—一六等最新型戰鬥機的第一戰鬥航空團第三大隊來負責。

『Bravo Flight，雷達解除。準備發射對空飛彈。』

王隊長下達命令。傳飛行上士一邊回答，一邊解除雷達的待機狀態。終於進入機上雷達的探測範圍內了。

雷達螢幕上出現敵人編隊第一群的點影。果然編隊分為兩組。敵對地攻擊部隊飛向東沙島。數量為二十幾架。

正面的護衛戰鬥機隊，架數是二十二架。

敵人第一群的機數合計四十幾架。

敵機比自己所預料的更多。敵人為密集隊形，在雷達影像上出現小點。如果光是要對付護衛戰鬥機機隊的話，其數目為一比二弱。

傳飛行上士心情緊張。真的要放手一搏了嗎？

突然從無線電中傳來空電音。雷達螢幕畫像紊亂，出現白色暈光。敵人也使用ECM。

敵人也不是好惹的！

傅飛行上士也立刻使用ＥＣＣＭ。ＥＣＣＭ是對付ＥＣＭ的手段。當敵人進行電子擾亂的攻擊時，對ＥＣＭ加以電子處置，就能夠使自己的雷達、無線電和飛彈的功能能夠正常運作。

雷達螢幕立刻恢復正常影像。檢查敵我識別裝置。我方並沒有回答。

距離四十五公里。

照準機捕捉到敵機機影的電子音響起。進入飛彈射程內。

雷達鎖定。

『飛彈發射。』

隊長機發出命令。傅飛行上士弄響操縱桿回答，按下飛彈發射按鈕，兩枚天劍二型倏然脫離機體，留下火劍引擎的噴煙，飛翔而去。

天劍二型飛彈是半活動式的飛彈。飛彈在進入內藏雷達的射程之前，必須受到雷達波的影響。但是接下來，卻能夠進行逃避運動。

但是，其間大約會有一分鐘的時間，航向必須要筆直朝向敵人編隊前進才行。如果敵人也具有同樣的活動型飛彈，而且比我方更早擊落飛彈的話，則我方會遭受攻擊。

『發現敵人飛彈！0時下方。』

聽到胡中尉的聲音。

『敵人飛彈接近！全機警戒。』

聽到王隊長的聲音。同時告知敵人威脅雷達波的警告裝置的警報聲響起。敵人中長距離飛彈衝了過來。敵人也發射了半活動式飛彈。

看著雷達螢幕。的確在雷達畫面上出現複數的飛彈影子。

畜生！怎麼可能這麼簡單就被你幹掉呢？

『閃開！』

編隊長下達命令。傅飛行上士回答「收到！」但是航向還是朝著敵人編隊前進。

『敵人第一編隊的方位一七〇，距離四十五公里。飛彈急速接近。距離三十公里。閃開！』

空中早期警戒管制機ＡＷＡＣＳ的指示傳了過來。

中國空軍廣州空軍區第二十一航空師團，通稱「廣州空軍」二十一航空師團第一連隊第三飛行隊第三飛行小隊的飛行隊長程上尉，對著無線電回答「了解」。

中國空軍的Ｉ——七六ＡＷＡＣＳ，在二〇〇公里後方，能夠掌握作戰空域的狀況。Ｉ——七六ＡＷＡＣＳ是搭載了由俄國購買的最新型電子機器的管制機，現在為俄羅斯空軍的服役機種。

其性能是能夠掌握在五五〇公里範圍內，數百個空中與地上、海面上的目標，及指揮誘導戰鬥機。

在東沙島攻略作戰中，AWACS不止將程上尉所屬的「廣州空軍」第一次攻擊隊納入管制下，甚至連以「南京空軍」為主體的第二次攻擊隊，和「濟南空軍」的第三次攻擊隊也在管制下，進行重要的作戰指導。

程上尉苦笑地想著。如此一來地上基地的司令部不就變成無用的產物了嗎？司令部裡的那些頭腦頑固的偉大人物，可能會對於輪不到自己出頭而很不高興。但是這是現代戰，程上尉對此有很深的感觸。

『敵人飛彈接近。全機散開！』

通話機中聽到第一次攻擊隊的司令辛中校的命令。

為了欺瞞敵人的雷達波，採密集隊形持續編隊飛行，當敵要擊機編隊出現時，就不需要密集隊形了。

殲擊7型Ⅲ的編隊二十二架，在一聲令下，好像開花似地四處散開。

中國空軍廣州空軍區所屬第二十一航空師團第一連隊第三飛行隊第三飛行小隊的一號機由程上尉駕駛。他將軸線稍微偏離，停在不會妨礙對於敵人雷達波的照射程度下，偏了一眼雷達影像機。在兩側有第二架、第三架機，而在後尾上方有第四架機跟隨，不過距離都很遠。

高度七〇〇〇公尺。馬赫〇・八。

由於敵人的電子妨害（ECM），使得畫像非常紊亂。對電子妨害手段（ECCM）雖然能夠確保無線電通話，但是被擾亂的雷達畫像不穩定。程上尉氣得咬著嘴唇，認為畢竟我國的電子技術還是不如西方各國。

但是，我軍一向的傳統就是，利用劣式武器戰勝配備優勢武器的敵人。像以前毛澤東，組織只有鐵鍬和鐮刀的農民軍，以人民戰爭的方式打敗具有強力近代裝備的國民黨軍隊。而在韓戰當中，只有劣式武器的中國義勇軍，也以人海戰術擊退了擁有先進武器的武裝聯合國軍隊。

程上尉瞪著還看不見的假想敵機。如果是接近格鬥戰的話，他有自信絕對不會輸。但是，對於這個緊逼而來的飛彈卻不能夠不先避開。

眩目的陽光從斜前方射到眼睛裡。東方的水平線上，金黃色的太陽已經探出頭來。敵人巧妙地背對著陽光飛行。

雷達螢幕上顯示東沙島的島嶼在二點鐘的方向。登陸艦已經強行登陸島的海岸部，海軍步兵部隊正在進行敵前登陸的時刻。

廣州空軍第一連隊的任務就是，進行登陸部隊的支援攻擊，以及防衛敵機的攻擊。Q—五的第一攻擊編隊，進行對島的對地支援攻擊。

威脅雷達波感知警報器持續響著。敵人為了誘導飛彈，也使用了雷達波。雷達影像機上，在前方空域出現了複數敵人飛彈的影子。

『敵人飛彈接近！距離十公里。全機閃躲。』

聽到AWACS的指示。

先前警報就已經不斷地發出電子音。敵人飛彈的活動裝置啟動，鎖定目標。雷達影像機上出現從上方攻擊而來的飛彈影子。

「發射欺瞞彈！」

程上尉對著麥克風怒吼，命令部下。同時按下欺瞞彈的發射按鈕。拉起操縱桿，將機頭往上拉。油門桿全開，點燃助燃器。

機體加速，一舉往上升。程上尉背部緊貼著座位。成G字型。

欺瞞彈從機身下方彈出，飛向上空。第二架、第三架飛機也陸續朝空中發射鋁箔彈。

在以前曾經練習好幾次空對空飛彈迴避戰術。但是這還是頭一遭在實戰時使用。發射的模擬機是安裝簡單火箭馬達的模擬標的機。

程上尉關掉燃燒器，讓機身旋轉。看著模擬機的方向。

在模擬機飛出的方向，突然聽到爆炸聲。拖著白煙尾的飛彈與模擬機交叉爆炸。敵人飛彈鑽入鋁箔雲中爆炸了。

接著在周遭的天空，陸續出現閃光，連續爆炸。

有幾架機身無法閃躲飛彈而被擊落了。

畜生！程上尉無法忍受看到僚機被擊落。這時通話器中聽到空電音響起。

『隊長！三號機發生火災。』

三號機的康中尉在那兒慘叫著。程上尉環視周圍。在三點鐘下方的方向冒出黑煙，看到三號機正在往下墜落。座艙冒出火燄，尾部也破碎了。

「脫離！康中尉，快脫離！」

程上尉對著麥克風吼著。

但是，三號機還是不斷旋轉，最後墜落在海面上。周遭除了三號機以外還有一些在空中爆炸，或者是機翼和機身一部分受損而墜落的機體。

三號機撞擊黑暗的海面，濺起白色的飛沫。程上尉的機頭朝向敵人的方向。

『隊長，四號機被擊落了！』

從通話器中傳來二號機郭中尉的聲音。

「在哪兒?」

『五點鐘下方。』

程回頭看著右後方。機尾冒著黑煙的機體開始墜落。降落傘飄浮在空中,四號機的莊飛行上士看來平安無事地逃脫了。

程上尉重新掉轉機頭。雷達顯像器上又看到了繼續在接近的敵機影子。機上雷達顯示敵人使用ECM,所以無法掌握正確的敵機位置。

『敵機接近。距離二十公里。機種F—一〇四J。』

聽到AWACS的通報,程上尉沉默不語。這還是頭一次和F—一〇四J交手。但是,曾經在異種機種間戰鬥訓練中與類似F—一〇四J的殲擊八型進行過幾次近距離空戰的訓練。

一定要為部下報仇!程上尉在心中暗地裡發誓。

在閃躲飛彈的運動中,不到最後為止,不能對敵機進行雷達照射。到目前為止還不知道發出的半活動式內藏雷達飛彈的擊落結果如何。

可能幾枚切換為自動追蹤裝置的飛彈,擊落了敵人的幾架飛機吧!但是現在卻沒有時間去問AWACS數目到底是多少。

「接近戰鬥準備。」

程上尉命令二號機的郭少尉。武器裝置切換為近距離紅外線追蹤方式飛彈的發射方式。主翼的下方，搭載二枚紅外線追蹤式空對空飛彈「落雷」PL—七。

高度七〇〇〇公尺。

環顧周圍的天空。我方的殲擊7型Ⅲ以戰鬥隊型飛翔。二號機以與訓練時同樣地跟在距離稍遠的右手後方位置。

『接近格鬥戰！』

辛司令下達命令。

『敵機接近！距離十五公里。』

AWACS的管制官大叫著。

在哪兒呢？程上尉凝視著前方。F—一〇四J因為機體較小，所以正面面積較少。即使對方從正面衝過來，如果距離在三公里以上的話，則無法目視到。

殲擊7型Ⅲ機體也很小，是敵人很難從正面看到的機體。具有與F—一〇四J同樣的條件。

雷達照準機顯示敵人已經進入射程內。

程上尉手指按著飛彈發射按鈕。

程對自己說：等一等。

還沒有聽到紅外線探測裝置的感應聲。表示PL—七飛彈還沒有捕捉到敵機。如果隨便發射飛彈的話，只會造成浪費。

飛彈從二號機的翼下朝上空飛去。難道郭上尉發現敵人了嗎？程按耐住焦急的情緒。

5

距離敵機九公里。

照準機上出現在射程內的表示。

敵機的機影已經進入照準器的射程內了。屏氣凝神，豎耳傾聽通話器裡的聲音。

經過兩次呼吸以後，飛彈前端的紅外線探測器發出獨特的唧唧聲。紅外線已經探測器捕捉到敵機了。

飛彈鎖定。

傅飛行上士按下飛彈發射按鈕。

如果沒有聽到探測器的聲音，而光是由照準機捕捉到敵機就發射飛彈的話，恐怕會漏擊敵機。因為紅外線探測器還沒有捕捉到敵機的緣故。

傅飛行上士目送冒著白煙從翼下飛向前方的二枚天劍一型飛彈。同時掉轉機身，準備應付敵人的攻擊。敵人也一定會發射紅外線追蹤飛彈。我也這麼做！

警告敵人飛彈接近的警報響起。

到底敵人的飛彈從何而來呢？傅飛行上士環視周圍，先前在敵人的中射程飛彈攻擊中，使B編隊犧牲了一架飛機。譚少尉被擊落了。現在位置在左右稍後上方的傅飛行上士的二號機和胡中尉的三號機好像夾著王隊長機似地一齊朝前方飛去。

『飛彈接近！十一點鐘下方。全機迴避。』

聽到隊長的聲音。

「二號機迴避！」

傅飛行上士對著麥克風叫著，操縱桿往前倒。機身傾斜九十度，拼命往下俯衝。

通話機聽到「卡滋！卡滋！」的應答。因為忙著操作所以來不及回答，於是按了附在油門桿上的送信按鈕，代替回答。

持續發射鋁箔彈。

一發。二發。三發。四發。五發。

旋轉，俯衝。成G字型。覺得血液逆流到頭上。高度計的針不斷旋轉。在上空中聽到爆炸聲。被鋁箔彈欺瞞的飛彈自動引爆。

高度八千公尺。

拉起操縱桿，啟動氣閘。受到空氣抵抗的機體慢慢地調整姿勢。在頭上又有一枚飛彈爆炸了。

被擊中了嗎？冒起黑煙的F—一〇四J的機體橫轉向下墜落。一看機體編號竟然是隊長機的編號。

「隊長！快逃！」

沒有回答。高度計慢慢停止旋轉。終於機體恢復水平飛行。

高度七千公尺。

在斜後方落下的機體中，突然飛行員和座位一起彈出來。白色的降落傘打開了。幸好隊長平安無事。相信在下方的艦隊救援隊應該會救起隊長吧？

『Bravo Two。我不要緊。三號機被擊落了。』

聽到王隊長很有精神的聲音。並不是隊長的飛機被擊落。

「你在那？」

『我在七點鐘方向跟著你。敵機接近。0點鐘的方向。』

「收到。」

傅飛行上士瞪著正面。敵機就在正前方。眼睛瞄著雷達照準機的螢幕。在正面出現七、八架敵機的影子。

距離六公里。

飛彈剩下零枚。後面只有二十釐米火神砲。

武器裝置切換為機關砲。如此一來就只能採用正面攻擊的方式，讓敵機嚐嚐我的機關砲！

推油門桿，不斷加速。馬赫一・五。正面的敵機迅速接近中。

來吧！來吧！傅飛行上士下定了決心。

與敵機距離三公里。

正面看到敵機的機影。即將發生正面衝突了。

絕不能退縮！在實戰中如果與敵機正面相對的話，根本是無法避開的。只能從正面迎頭痛擊，讓對方先在空中爆炸，或者是正面撞擊，雖然下場很悲慘，但是總比被對方擊落要好一點。如果自己因害怕而先轉移開機頭露出軸線在外面的話，就無法對準敵機了。

戰鬥機的機關砲，鎗口是沿著機軸線固定在正面的。因此，如果稍微偏離機頭的話，鎗口就無法對準對方，而自己則反而會暴露在對方的鎗口前，如此一來百分之百會被擊落。既然這樣的話，還不如從正面迎擊，雖然可能會和對方衝撞，但是至少還有百分之五十的獲勝機率。

照準器上出現敵機的機影。

傅飛行上士立刻按下機關砲的發射按鈕。機關砲彈霎時朝前方飛去。

6

敵人的飛彈掠過頭上向後飛去。有一枚被吸入鋁箔彈中爆炸了。另一枚在哪兒呢？

程上尉看著座艙的後照鏡。殲擊7型Ⅲ的缺點就是頂蓋並不是淚滴型，所以後方視野較差。前方視野也不好。總之，視野比較狹窄。

『隊長！二號機中彈！』

聽到郭少尉發出悲痛的聲音。後照鏡中看到冒著黑煙，一邊旋轉一邊墜落的郭少尉機。主翼和機身後部都殘破不堪。

「跳出！快跳出！」

程上尉對著麥克風怒吼。

二號機一邊旋轉一邊落入藍色的海洋中。

畜生！

程上尉調整情緒。現在不是悲傷的時候。還在戰鬥中。

敵機就在正面。一定要擊落它。

距離三公里。

敵機也不打算逃走。這樣下去也許會正面衝撞。

照準機在射程內捕捉到敵機。聽到探測音。

飛彈鎖定。

程上尉按下飛彈發射按鈕。一陣輕微的搖擺，翼下兩枚「落雷」飛彈飛出。

就在同時聽到飛彈粉碎爆炸墜落的聲音。

笨蛋！飛彈衝入敵機機關砲彈的彈幕中爆炸了。

程感到很焦急。

與敵機距離一公里。

再這樣下去兩機一定會對撞。程上尉反射地將操縱桿拉到右邊。這時機關砲彈攻擊飛機頂蓋。二十釐米砲彈粉碎整個座艙。程上尉已經知道自己輸了。

機關砲彈和程上尉與機體霎時一起爆烈掉入海中。

7

傅飛行上士以猛烈的速度與敵機擦身而過。由於敵機機身移向左邊，所以要避免兩機衝撞。

操縱桿倒向左邊。向左急旋轉。跟在敵機的背後，準備擊落敵機。

當時看到擦身而過的敵機已經冒出火燄及黑煙，墜落了。

太棒了！擊毀一架敵機！

傅飛行上士一點都不覺得感傷。檢查燃料計。剩下的燃料只夠飛回去了。

「Bravo Two。脫離戰場。」

『收到。與α、查理會合。』

王隊長回答。

「收到。」

傅飛行上士回應。

『全機撤退！脫離戰場。敵人第二群、第三群接近。立刻脫離。』

雷達站告知。

再待下去也沒有用。敵人第二群、第三群迫在眉睫。已經沒有戰力，況且任務也已經達成。在進行空中戰時，載著撤退部隊的護衛艦隊已經脫離了東沙群島的戰鬥海域。相信已經有支援的航空部隊從本島飛來應付新的敵機。

傅飛行上士發現在上空組成編隊的我方機群。

啟動助燃器，開始急速上升。

在東沙群島攻防戰中，中國軍隊戰勝臺灣軍隊接收了東沙群島。中國、臺灣兩軍雙方的損傷情形如下：

〈中國軍〉

戰死者　一九九人　受傷者　三二九人　失蹤者　七九人

被擊落的作戰機　殲擊7型Ⅲ及同型Ⅱ　十四架

失蹤　同右　三架　被擊落的艦艇　護衛艦　一艘

戰車登陸艦　一艘
飛彈高速艇　三艘
嚴重受損艦艇　護衛艦　一艘
飛彈高速艇　五艘

〈臺灣軍〉

戰死者　一四六人　受傷者　二四六人　失蹤者　五人
被擊落的作戰機　F—一〇四J　七架
失蹤　同　一架
被擊落的艦艇　護衛艦　一艘
中度受損　護衛艦　二艘

東沙島的基地設施、通信設備、跑道等全設備和設施都喪失了。

8

北京・總參謀部作戰會議室　七月十日　下午十五時

「我想在此提出報告，東沙群島解放作戰東光作戰，損傷維持在最低限度，我軍獲得完全勝利。」

作戰主任參謀黃子良上校很驕傲地結束了報告。會議室的參謀幕僚們一起拍手鼓掌。而作戰部長秦中將笑容可掬地說道：

「真是辛苦了。我軍獲得大勝利，諸君，南光作戰的成功是一場大勝利，要趕緊向政府及黨中央報告。」

秦中將以平靜的語氣說著。並且看著會議室內的參謀幕僚們。

「老實說，我早就預料到我方的損傷可能會多一點。敵人一定會認為這是臺灣本島侵略作戰的前哨戰而徹底抗戰。如果我是敵軍司令官的話，那怕是要一個師團的守備隊全部都被消滅，也要死守東沙島。但是，卻要進行來自空海的徹底支援、攻擊與反擊，至少保住一週，或者是一個月，進行海上的作戰。在這期間運用政治或外交的攻勢，讓國際輿論的砲火集中在中國身上。在國際上孤立中國，使中國沒有辦法發動對臺灣本島的攻擊。

東光作戰這麼快就結束，可以說是攻略臺灣本島作戰的絕佳材料。不到半天就迅速佔領了東沙島，將來在戰史上也會留下輝煌的記錄。這是黃上校的戰略勝利，是完全勝利。這種壯舉，相信會得到政府及黨中央的褒獎。」

秦中將拼命稱讚黃作戰主任的功績。會議室再次響起歡聲雷動的掌聲。黃上校得意洋洋地站了起來，向秦中將深深一鞠躬。

「您過分的褒獎，令我感到非常惶恐。東光作戰在計劃時並不只有我一個人參與，可以說是東光作戰小組參謀幕僚全體的榮譽，同時也是在前線搏命作戰的官兵全體的榮譽。

但是，我想附帶說明的就是，這次東光作戰成功，如果沒有敵人作戰參謀及司令員的協助決定東沙島自行撤退的話，恐怕沒那麼容易。」

作戰會議室霎時響起一片笑聲。

完全控制了東沙群島的中樞東沙島全島，開始強行登陸是在兩小時後的事情。發現島上沒有臺灣軍的守備隊，而三天前還不斷地做出強化陣地的舉動，事實上卻是暗地裡在進行部隊的完全撤退。使得甚至連戰車都投入的中國海軍步兵部隊的敵前登陸，輕而易舉地就完成了。

留在島上的只有來不及逃走的臺灣軍工兵隊士兵二名，以及在東沙島靠岸卻不幸捲入戰鬥中的臺灣漁民八人而已。他們躲在防空洞裡，卻被殘敵搜索部隊發現。

臺灣軍撤退時將雷達設備、儲油槽、航空通信設施、跑道等全都炸毀。再加上登陸前六小時的砲轟及飛彈攻擊，臺灣軍的設施幾乎全毀。

「正如秦部長所說的，東光作戰以迅雷不及掩耳的速度攻佔整個島。在這一點上的確獲得完全勝利。但是，我要說的就是，敵人預料到我們的攻擊，事先已經開始撤退了，如果如秦部長所說的敵人徹底抗戰的話，恐怕我軍的軍事損失就不止如此而已了。這是可以預料到的。

由此可知，我軍的軍事弱點非常地明確，一定要徹底地檢証，當成以後的教訓。對於下一次的本島解放作戰勝利而言，是絕對必要的。」

黃主任繼續說著。會議室恢復了平靜。

「首先，為什麼事前沒有看穿敵人陸上部隊的撤退呢？這也表現出我軍的偵察活動或是情報蒐集力脆弱。謝情報參謀，你的意見如何呢？」

突然被要求要陳述意見的謝中校，眼光離開手邊的報告書，抬起頭來。謝參謀也是東光作戰小組的成員之一。

「偵察衛星的情報和電子情報蒐集雖然掌握了這些徵兆，但是還在評估情報的階段，並沒有辦法把握敵人部隊的撤退狀況。與其說偵察活動有弱點，還不如說是情報評估和判對上出了問題。」

「的確如此。決定作戰前的情報蒐集以及評估判斷，我軍在這一方面的力量還很弱。大家一定要認識這一點。

第二點就是，東光作戰是陸海空三軍與第二砲兵的統合作戰，但是第二砲兵與陸海空三軍部隊之間的連繫並不順暢，這是一大問題。尤其在敵前登陸時，海軍步兵部隊與陸軍登陸部隊的連繫非常地凌亂。而且，陸軍部隊同志之間一部分的溝通也不協調，理由何在呢？甚至登陸後，有一部分的人卻互相誤以為是敵人，而同志之間互相攻擊。其原因就是海軍步兵部隊和陸軍部隊為了邀功而爭先恐後想要奪取陣地，而且通信之際只使用同一周波數，這些都是問題點。雖然這些事情在戰場上經常會發生，但是我們一定要找出這個問題點，不能讓它再發生。」

坐在隔壁座位的郭中校，用手肘撞撞劉小新。

「濟南軍區的海軍步兵和陸軍部隊，和廣州軍的陸軍部隊雖然都是同志，可是卻互相攻擊了三十分鐘。雙方出現十幾名死傷者。雙方的指揮官互推責任，責怪對方。」

劉點點頭。劉也聽到了這個情報。

海軍步兵也就是海兵隊，是不久前才新設的緊急展開部隊的主力，現在有一個師團及一個旅團。其中一個師團隸屬於北京海軍區，剩下的一個旅團則屬於濟南軍區。這次的東光作戰，濟南軍區海兵的一個旅團事先曾投入實戰訓練。當然在臺灣本島的解放作戰上要由海兵隊先取得勝利。

另外一方面，登陸強襲部隊則從廣州軍區的拳頭部隊第四二集團軍中挑選一個連隊，濟南軍的第五四軍中挑出一個大隊投入戰爭中。拳頭部隊意氣風發，而廣州軍則不希望輸給新加入的海兵隊和濟南軍部隊。

黃主任繼續說道：

「海空部隊之間，在連繫行動上產生了齟齬。當敵人艦隊出現在眼前時，為何海軍艦隊不要求空軍攻擊敵艦隊呢？聽說即使要求空軍可能也會充耳不聞。而空軍在敵人部隊撤退後，只固執於進行島的支援攻擊，完全沒有準備攻擊敵人艦隊。在作戰上，這些都是急待解決的問題。」

「雖然您這麼說……」

空軍參謀卓康勝少校站了起來。卓少校是血氣方剛的年輕參謀，是何炎空軍上校的心腹。也是經常與劉小新爭辯的對手。

「東光作戰的目的只限於解放東沙島，所以空軍當然不會對作戰目標外的敵人發動攻擊。故意要讓敵人從東沙島撤退而打開的南方海域，當敵人艦隊從那兒逃脫時，又何必派空軍去攻擊呢？如果要這麼做的話，還不如事先就完全封鎖包圍整個島就夠了。

敵艦隊的攻擊，與東光作戰同樣是一大作戰。不能因為同志的要求就輕易地進行艦隊的攻擊。我空軍的東光作戰的目的是為了支援陸海部隊，同時保持同海空域的航空優勢。最大的目的就是阻止敵人空軍的反擊。只要能夠完成這一點，就表示空軍已經充分達成任務了。」

黃主任苦笑地點點頭說道：

「看起來好像是我在批評空軍，請你原諒我。我並不是要求空軍展現作戰目的以外的行動，我想說的一項事實就是，陸海空三軍之間不僅對立，而且軍區間與地域軍間的對立。老實說，這一次的作戰，海軍的任務是由廣州海軍區的南海艦隊負責。空軍的對地支援攻擊則由廣州空軍負責。保持航空優勢則是由南京空軍和濟南軍區負責。廣州的海陸空軍，認為只有自己暴露在最前線，感到不滿。廣東軍對要聽從北京中央的指令進行作戰也感到不滿。

另外一方面，北京軍區和濟南軍區的部隊，中央意識極強，將廣州軍區的部隊視為是地方部隊，鄙視他們。因此，南海艦隊當然只信賴具有同樣同志意識的廣州軍區，而不信賴其他軍區的空軍。相反的其他軍區的空軍，即使在南海艦隊提出要求時，也不會認真地應付。我想說的就是在這一次的作戰中，表現出了這一些缺點。」

會議室一片寂靜。劉與郭中校互看對方。的確有這些問題存在。

「第三的問題點就是，軍隊內部的不統一、不團結。軍內部的矛盾，一旦在臺灣本島攻略作戰時暴露出來的話，可能會遭受嚴重的失敗。今後該怎麼辦呢？」

楊上校輕咳一聲說道：

「的確是軍中央的問題，但是廣東軍與福建軍的態度則更嚴重。廣東第四二軍與福建第三一軍反抗中央，中了地方分權主義之毒。這次的作戰，廣東軍一開始就加以批評，而且保持不合作的態度。雖然這一次最後廣東軍終於參加了作戰，但是今後的發展如何就不得而知了。這都是很嚴重的問題。我要求總政治部要進行廣東軍與福建軍的幹部人士的刷新。再這樣下去，容忍他們的分派行動態度，不僅有損軍中央的威信，而且可能會使他們軍閥化。」

賀堅上校開口說道：

「的確，廣東軍代代傳統好像都是站在反中央的立場上。但是如果以人事的方式強制刷掉幹部，可能會遭遇對方的反抗。如此一來不就更加強軍隊的不統一嗎？與其如此，還不如中央大膽起用廣東軍出身的幹部，藉此與中央溝通才是實際的作法。」

「起用廣東省出身的幹部，以往也曾經這麼做過。總參謀部作戰課就有幾人是廣東省出身者。」

楊上校環視參謀幕僚們。劉小新意識到楊上校的視線停留在自己的身上。

劉小新的確是出生在廣東省的鄉下。但是只有小時候住在那兒，隨著海軍軍人父親劉大江的勤務地調動之後，也輾轉住過好幾個地方。就讀中學以後，劉小新才暫時穩定下來。父親異動到北京，全家人都移居到北京。所以就算自己是出生於廣東省，會說廣東話，但是還是不能算是廣東出身者。在居住最長時間的北京，反而有更多的朋友，生活型態和想法，都與生長在北京的人類似。

郭中校笑著對劉小新耳語道：

「看來，你也有反抗心嘛！因為你流著廣東的血液啊！」

「這麼說，好像你也是廣東出生者似的。」

「是啊！我是生於福建省。所以我們兩個都是華南出身者。」

周上校對楊上校說。

「賀上校同志所說的是更高級的幹部。例如，黨軍事委員會中應該加入對廣州軍區有影響力的幹部。」

「但是，葉選平同志不就是一個很好的例子嗎？叫他來他也不來。」

楊上校得意洋洋地說著。

葉選平是第四野戰軍系的軍人，十大元帥之一葉劍英的兒子。曾擔任廣東省長，是地方分權派的實力者。鄧小平害怕他在廣東地方擴大影響力，因此要叫他到北京來。準備好了與國家副主席同樣地位的政治協商會議副主任的位子要他坐，但是，葉選平卻寧願待在地方，不願意來到北京。反而推薦他的義弟鄒家華擔任副首相，加強對於北京中央的發言力。而他的親弟弟葉選寧則就任廣州軍區連絡部長。

葉選平對於廣州軍區的第四二軍、第四一軍有極大的影響力。鄧小平在文化大革命時代也曾逃到廣州，藏匿在葉的廣東軍內。葉選平一族現在握有廣東軍的實權，是横跨廣東省及福建省的客家英雄。他會保護鄧小平是因為同樣是客家人的緣故。聽說葉現在藏匿失勢的改革派前總書記趙紫陽。

秦中將將雙手擱在桌上，看著參謀幕僚們。

「現在軍內部的不統一、不團結，不光是靠我們總參謀部就能解決這個問題。要和總政治部和總後勤部取得連絡，謀求對策，同時要在中央軍事委員會中檢討。我們要與各軍部的參謀部取得連絡，努力聽取他們的意見。這樣才能掌握解決問題的端倪。我們也不能光只是待在中央下達指令或命令，要盡可能地深入當地，掌握當場的狀況及氣氛，進行作戰指導或計劃。」

參謀幕僚們全都表示贊同。

會議結束。

劉小新和郭一起站起來時，賀堅上校用下巴示意劉和郭到課長室去。

「他在叫我們啦！」

郭中校笑著說。

「你想是什麼事呢？」

「早就知道了。一定與剛才的談話有關。去看看吧！」

郭悠閒地說著。劉稍微感到不安，但是還是默默地和郭一起進入隔壁的課長室。

房間裡有秦中將和楊上校、周上校、何上校三人及賀堅上校等著他們。

劉和郭保持立正不動的姿勢，向秦中將敬禮。

「放輕鬆。」

秦中將笑著。劉和郭保持著稍息的姿勢。

「我看過你們的臺灣本島侵略作戰要項。做得很好。我很佩服。」

「謝謝您。承蒙您的誇獎真是惶恐之至。」

劉和郭齊聲說著。

「中央軍事委員會大致也在這些要項線上做好了決定。總後勤部已經開始作戰準備。也向海軍司令部和空軍司令部發出通知。要趕緊做好進攻作戰的準備。今後關於作戰的詳細問題，將會在作戰本部進行檢討。」

劉和郭互看對方。

「我有事請你們做。」

「是什麼事呢？」

「劉中校，你到廣東軍去。郭中校，你到福建軍去。」

劉感到很驚訝，看著郭。郭點點頭。

「我們還必須做好臺灣本島進攻作戰案吶！」

到了這個階段，劉認為自己突然要離開作戰科感到很不高興。

「所以才要你們去啊！去和那兒當地的軍參謀們碰面，看看現在的作戰案有什麼缺點。到當地親自考察，重新修改比較好。同時需要你們說服他們，遵從作戰案的決定。」

「是重要的任務哦！」

楊上校插嘴說道。

「但是，像我們這種階級的人去，對方恐怕會不願意聽我們說，對此我沒有自信。」

劉老實地說。秦中將搖搖頭說道：

「像你們這種新手去還比較好。如果像我們這種人去的話，他們會認為我們是強迫他們遵從中央的意思。你們不會給他們這樣的印象，而能夠探出他們的真意，再加以說服。我會將黨中央軍事委員會特別任務的證明命令書交給你們兩人。如果有什麼問題的話只要讓對方看就可以了。給你們黨軍事委員會特別調查官的權限。有必要的話保證你們可以直接命令公安局或是軍公安。」

劉驚訝地看著秦中將和楊上校等人。郭中校則以平靜的語氣說道：

「好，我們會去的。對吧！劉中校。」

郭笑著，拍拍劉的背。

劉看到郭一副成竹在胸的樣子，就不再說話了。他知道，郭一定從楊上校那兒得到了錦囊妙計。

9

東京・總理官邸首相辦公室　七月十日　晚上七時二十五分

ＮＨＫ的新聞節目報導，今天早上東沙群島被攻陷的消息。

電視畫面中播放著成為瓦礫山的廢墟，還有很多的人民解放軍士兵在那兒守衛，以及高掛著五星紅旗的樣子。在其上空有中國空軍機編隊低空飛行。

從早上開始，這種畫面已經看了好幾次了。

濱崎茂首相坐在扶手椅上，以失望的表情看著畫面。

擺在黑檀木桌前的椅子上坐著北山官房長官、青木外相、栗林防衛廳長官、向井原內閣安全保障室長四人。

「中國終於採取行動了。」

濱崎在那喃喃自語地說著。

特別報導結束之後，是氣象報告的時間。氣象報告員告知，在菲律賓海灘發生了颱風。

「關掉吧！」

秘書官關掉了電視。畫面上的光消失以後，整個辦公室突然暗了下來。青木外相打破沉默說道：

「總理，關於這一次的東沙群島事件，美國、英國以及ASEAN等七個國家一起指責中國。我認為我國也應該由官房長官立刻發出聲明。」

濱崎首相點點頭。北山官房長官說道：

「但是，要從哪一個觀點來批評他們呢？總理的意向如何呢？」

「嗯。」

濱崎思索著。中國政府已經透過駐日中國大使告知希望日本瞭解東沙群島問題純屬國內問題。同時不忘附帶說明，當時俄羅斯非法佔領北方四島時，中國也表現出瞭解日本的立場的態度。

而另外一方面，美國的辛普森總統立刻打來電話熱線，認為為了壓制中國的軍事暴動，美日兩國要同心協力地來處理。基本上日本是同意的，但是關於臺灣危機方面，是兩國間的檢討事項，應該要趕快召開外相、國務長官會議才行，日本反而向美方提出這樣的要求。

菲律賓、印尼、汶萊、新加坡、馬來西亞、越南、泰國等ASEAN諸國的大使也拜訪外務省，希望日本對於中國施加強大的壓力，在關於南海的權益問題上，希望能夠瞭解ASEAN側的立場，總之日本是ODA援助國，所以這些國家要求對於中國一定要發出強烈的責難。

臺灣方面也透過事實上「大使館」的連絡事務所，非正式地要求在日本基於獨立臺灣的領土保全及民族自覺的原則遵守立場，要日本表現支持臺灣的態度。

要取二千二百萬人的大義還是取十二億人的經濟利益?濱崎在那兒喃喃自語著。

「咦?你在說什麼啊?」

北山官房長官問他。

「沒什麼，我在自言自語。總之，現在我必須要負責決定我國的命運。」

濱崎首相嘆息地說著。

「外務大臣，你提出的報告書，我仔細閱讀過了。覺得的確是很好的參考。」

「惶恐之至。」

「但是，老實說，這是外務官僚的作文。作文沒有辦法決定外交及國家的道路。」

「但是……」

青木外相驚訝地想要向濱崎首相解釋。

「我知道，你想說的就是到底要取中國、還是取美國，要二選一。但是，這種選擇只是你們這些官僚的想法而已。」

濱崎首相把手擺在面前揮了揮。

「想法太過於僵硬了。政治家不是官僚。如果不以民眾的想法來決定國家命運的話，就沒有辦法活在二十一世紀的日本。」

「那您覺得該怎麼做呢？」

「任何事情都有表裡兩面。就好像硬幣有表裡兩面一樣。」

「您是指背地裡從事秘密外交嗎？」

青木外相舒展眉頭。濱崎首相很愉快地笑了。

「隨便做做吧！」

「隨便做做？這樣不是不負責任嗎？您是一國的首相耶！」

「幹嘛這麼生氣呢？我說的隨便不是這個意思。隨便的意思就是要斟酌情形來決定事物。」

「我還是不瞭解您的意思，請您明白告訴我。」

青木外相以嚴肅的表情說著。

「國家的百年大計要考慮一切。百年後的世界到底希望創造成什麼樣子呢？到時候我國會變成什麼樣子呢？而鄰國的情形又是如何的呢？由這些想法來探討的話，我想中國可能是希望成為像俄羅斯一樣的多民族聯邦國家。光是維持現在的社會主義體制，沒辦法成為超大國。建立有幾個小國的聯邦，希望臺灣也成為聯邦中的一國，這才是中國的心願。」

濱崎首相看著青木外相和栗林防衛廳長官們。

「由這未來的目標來進行現在的外交。現在最適當的外交是什麼呢？」

「就是以美日關係為基軸的外交。」

「嗯。這也不錯。現在最重要的就是不要讓中國胡作非為，表面上裝作我們要朝著中國最不想要的方向走。這個表現非常重要。如果中國繼續胡作非為的話，我們就要擺出打算承認臺灣獨立的姿態。」

「打出臺灣牌嗎？」

「首先，應該這麼做。臺灣牌能夠使我們控制中國到何種程度我不得而知。但是至少在使用王牌之前，這是最重要的一張牌。」

「什麼是王牌呢？」

栗林防衛長官問道。

「這是秘密。現在就看王牌的話有什麼意義呢？」

濱崎首相笑了。

「總理，我想再請問您，假設中國聯邦的想法，不是外務官僚的構想呢？」

青木外相說道。

「是啊！但是走的路不一樣。並不是以美日為軸，推進中國緩和政策。當然這也是一個選擇的辦法。但是以美日為基軸的外交，也許要放棄。」

「咦？」

「是的。如果執著於美日關係，什麼都沒有辦法考慮了。將來可能會以中日關係為基軸，而拓展亞洲外交。這是無可奈何之事，但是我們一定要取得平衡，保持最佳戰略，求得生存。光是執著美日關係進行外交的話，日本就好像美國的屬國一樣，沒有辦法發揮常任理事國的作用。但是現在我們也不可能擁有獨自外交。因此首先要重視美日關係，推展對中國政策。」

北山官房長官訝異地問道：

「那麼這次的聲明該怎麼辦？」

「拼命責難中國的暴行。責難它胡作非為是違反民族主義的行為。但是，絕對不要說出什麼經濟制裁或是承認臺灣等等的話語。只要強調政經分離即可。」

「如果中國要侵略臺灣該怎麼辦？」

栗林防衛長官問道。

「如果中國決定侵略臺灣的話，到時就算我們打算承認臺灣也沒什麼關係了。到時候我國就要秘密進行對抗處置。這是背地裡的戰略。」

「那是什麼呢？」

青木外相很感興趣地問道。

「到時候就知道了。那個時候一定會來。所以要請向井原來。」

濱崎首相看著坐在一角的向井原。

「有事想請你做。」

「什麼事啊?」

向井原內閣安全保障室長,表情緊張地看著濱崎首相。

「你要秘密地創立情報機構。可使用內閣機密費。」

「你說要創立情報機構?」

「是的,為了背地裡的戰略,需要日本版CIA。要趕緊創立。一切由我負責。」

濱崎首相點點頭。大家都啞然地看著濱崎首相。

「啊!閣議的時間到了。請到閣議室吧!」

秘書官一邊看著手錶一邊說著。濱崎首相站了起來。

「好了,趕緊去做吧!」

以嚴肅的表情對向井原點點頭。

(第二部　終了)

軍事力比較資料

●軍事資料——①

兩岸戰力比較

*這是美國國防部在紛爭開始時，推測估計各國軍事力的現狀

中國軍

總兵力／現役二九三萬人（其中徵召兵一二七萬人）

預備役一二〇萬人以上

以各省為單位，還有民兵預備役

←戰略飛彈戰力

司令部・北京（黨中央軍事委員會直轄）

戰略火箭部隊（第二砲兵部隊）九萬人

飛彈基地：六

大陸間彈道飛彈（ICBM）二十枚（推測）

CSS—4（DF—5） 四枚

MIRV（多目標彈頭）搭載飛彈 十六枚

中距離彈道飛彈（IRBM） 六十枚

臺灣軍（中華民國）

總兵力／現役四十二萬五千人

預備役／陸軍一五〇萬人，海軍三萬二五〇〇人

空軍九萬人，海兵隊三萬五千人

←陸軍——現役二二〇萬人

（包括戰略火箭部隊、徵收兵一〇七萬人在內）

七大軍區二十八省軍區三警備軍

統合集團軍二四個（通常各軍由步兵師團三個，戰車旅團或戰車師團一個，砲兵旅團一個，高射砲旅團一個所編成）

戰鬥部隊

步兵師團七十八個（包括諸兵科聯合、機械化步兵師團二個在內）

機甲師團十個

野戰砲兵師團五個

獨立機甲旅團二個

獨立野戰砲兵旅團五個

獨立高射砲野團五個

獨立工兵連隊十五個

緊急展開部隊大隊六個

航空隊、直升機大隊群五個

傘兵部隊（要員隸屬空軍）軍團一個：傘兵師團三個

←陸軍——二十八萬九千人（包括軍事警察在內）

三軍司令部、一傘兵特殊司令部

戰鬥部隊

步兵師團十個

機械化步兵師團二個

傘兵旅團二個

獨立機甲旅團六個

戰車群一個

地對空飛彈群二個：地對空飛彈大隊五個

飛行群二個：飛行隊六個

預備役：輕步兵師團七個

【主要裝備】

主力戰車	八〇〇〇輛
T—34／85型戰車	七〇〇輛
T—59型戰車	六〇〇〇輛
T—69型戰車（T—59改良型）	二〇〇輛
T—79、T—80型、T—　型ⅡM	一〇〇〇輛以上
輕戰車	約二〇〇〇輛
63型水陸兩用輕戰車	一二〇〇輛
62型輕戰車	八〇〇輛
步兵戰鬥車	一〇〇〇輛
裝甲兵員運輸車	三〇〇〇輛
牽引砲	一萬四五〇〇門
自動砲	二〇〇〇輛
連發火箭發射機	三八〇〇〇座
（包括牽引式、自動式在內）	
迫擊砲	五萬五千門
（包括牽引式、自動式在內）	
高射砲	一萬五千門

【主要裝備】

主力戰車	五五〇輛
M48—A5	三一〇輛
M—48H	二四〇輛
輕戰車	九〇五輛
M—24	二三〇輛
M41—6型	六七五輛
裝甲步兵戰鬥車M113	二二五輛
裝甲兵員運輸車	九五〇輛
M113	六五〇輛
V—150指揮	三〇〇輛
牽引砲	一〇六〇門
自動砲	三一五門
對戰車誘導兵器TOW	一〇〇〇座
無反動砲	五〇〇門
高射砲（包括自動式在內）	四〇〇門
地對空飛彈	
奈基	六十枚
霍克	一〇〇枚

地對空飛彈　一〇〇〇枚
（包括自動式在內）
直升機　一〇〇架

其他還有地對空飛彈M—9（CSS—6／DF—11，射程／五〇〇公里）、M—11（CSS—7／DF，射程一二〇～一五〇公里）、對戰車誘導兵器HJ—8（TOW米蘭型）、HJ—73（耐火型）、無反動砲、對戰車砲、火箭發射器等。

海軍—現役二十六萬人
（包括海兵隊二萬五千人、
海軍航空隊二萬五千人、
及沿岸地域防衛隊二萬五千人在內）

三艦隊編成—航空母艦二艘（估計）、水上戰鬥艦艇四五七艘、潛水艇。一〇〇艘、機械水雷戰艦艇一五〇艘、兩用戰艦艇四二五艘、支援艦艇、其他一八〇艘

北海艦隊—相當於瀋陽、北京、濟南軍區。進行從韓國國境到連雲港為止的沿岸防衛及渤海和東海的海上防衛與監視。

其他，多連發火箭發射器、迫擊砲等多數

[航空]
固定翼機〇—1　十架
直升機　一六〇架

←海軍—現役六萬八千人
（包括海兵隊三萬人在內）

三海軍區
基地：左營（司令部）、馬公、基隆。

基地：青島(司令部)、大連、葫蘆島、威海、長山。

部隊：潛水艇戰隊二個、護衛艦戰隊三個、兩用戰戰隊一個、其他還有渤海灣練習小艦隊。巡邏艦艇・沿戰鬥艦艇三〇〇艘

東海艦隊—相當於南京軍區。進行從連雲港到東山的沿岸防衛以及臺灣海峽及東海的海上防衛與監視。

基地：上海（司令部）、吳淞、定海、杭州。

部隊：潛水艦艇隊二個、護衛艦戰隊二個、機械水雷戰隊一個、兩用戰戰隊一個、巡邏艦艇・沿岸戰鬥艦艇二五〇艘。

海兵隊師團一個。沿岸地域防衛隊部隊。

南海艦隊—相當於廣州軍區。進行從東山到越南國境的沿岸防衛和南海的海上防衛與監視。

基地：湛江（司令部）、汕頭、廣州、海口、榆林、北海、黃埔、西沙群島、南沙群島的前進基地。

部隊：潛水艇戰隊二個、護衛艦戰隊二個、機械水雷戰隊一個、兩用戰戰隊一個、巡邏艦艇・沿岸戰鬥艦艇三〇〇艘。

海兵旅團一個。

【艦艇・裝備】

潛水艇　一〇〇艘
- 戰略核子潛水艇（漢級）　一艘
- 戰術潛水艇
  - 攻擊型核子潛艇　五艘
  - 非彈道飛彈普通型　二艘
  - 攻擊型普通型　九十二艘

（但是現有一〇〇艘中的五十艘太過於老舊，可能無法發揮作用。估計中國將會向俄羅斯購買推進潛水艇SSK總數二十二艘，其中有十艘已經進口了）

主要水上戰鬥艦　七十艘
- 攻擊型航空母艦（輕航空母艦）　二艘
- 飛彈驅逐艦　二十二艘
- 飛彈護衛艦　四十四艘
- 護衛艦　二艘

巡邏艦艇・沿岸戰鬥艦　三八七艘
- 飛彈艇　二一七艘
- 魚雷艇　一六〇艘

機械水雷戰艦艇　一二〇艘

【艦艇・裝備】

潛水艇（普通型）　四艘

水上戰鬥艦艇　四十四艘
- 飛彈驅逐艦　七艘
- 驅逐艦　十五艘
- 飛彈護衛艦　五艘
- 護衛艦　十七艘

巡邏艦艇・沿岸戰鬥艦艇　一〇一艘
- 飛彈艇　五十二艘
- 掃海艇　四艘
- 內海巡邏艇　四十五艘

機械水雷戰艦艇　十三艘

兩用戰艦艇　二十一艘
- 兩用戰指揮艦　一艘
- 戰車登陸艦　十四艘
- 登陸艦　六艘

舟艇（多用途登陸艇等）　四〇〇艘

支援艦・其他艦船　十九艘
- 戰鬥支援艦　一艘

兩用戰艦艇　四二五艘
戰車登陸艦　二十艘
中型登陸艦　三五艘
多用途登陸艇（舟艇）　三二〇艘
戰車登陸艇　十艘
兵員登陸艇　四十艘
支援艦艇、其他　一七〇艘
運輸艦　四十艘
洋上給油艦　三五艘
潛水艇支援艦　十艘
其他　九五艘
沿岸地域防衛隊
獨立砲兵連隊及地對艦飛彈連隊三五個
海兵隊（海軍步兵）師團一個、旅團一個
預備役：動員時為師團八個（步兵連隊二四個、戰車連隊八個、砲兵連隊八個）、獨立戰車連隊二個。
[裝備]主力戰車T—59型戰車、輕戰車、裝甲兵員運輸車、連發火箭發射器等。

運輸艦　六艘
支援給油艦　三艘
其他　九艘
沿岸防衛
地對艦沿岸防衛飛彈大隊一個
海軍航空隊
海上巡邏飛行隊一個。直升機飛行隊一個
作戰機　三十二架
武裝直昇機　二十二架
海兵隊　三萬人
海兵師團二個及支援隊

←空軍—四十七萬人

（包括戰略部隊、防空要員二十二萬人、徵收兵十六萬人在內）

作戰機　五一二四架

七空軍區（相當於七大軍區）總司令部：北京

戰鬥部隊：航空師團二十一個（各航空師團由三個連隊所構成。連隊由三個飛行隊所構成，飛行隊有三個飛行小隊。飛行小隊由四到五個小組所組成。各航空師團配備一個整備部隊。運輸機、練習機。運輸機屬於連隊。）

轟炸機　四八〇架

中型轟炸機（轟炸6、轟炸6改良型）　一六〇架

輕型轟炸機（轟炸5）　三二〇架

對地攻擊戰鬥機　五〇〇架

強擊5（Q—5）　一四〇架

強擊5改良型　三六〇架

戰鬥機　四一四四架

殲擊5（J—5）　二〇〇架

殲擊6（J—6）、殲擊6改良型等　二五〇〇架

←空軍—六萬七千人

作戰機　四七八架

戰鬥部隊：戰鬥航空團五個

對地攻擊戰鬥：戰鬥飛行隊十四個

戰鬥機　四一〇架

F—5戰鬥機　二六〇架

F—104各種　九十四架

經國號　三十四架

F—16A／B　十二架

幻象2000—5　十架

偵察：飛行隊一個

RF—104G　六架

搜索救難：飛行隊一個

S—70　十四架

運輸：飛行隊八個

固定翼機　六十三架

直升機　二十架

其他練習機　一二二架

殲擊7（J－7）、殲擊7改良型等 七〇〇架
殲擊8（J－8） 四〇〇架
殲擊9（J－9） 二〇〇架
殲擊10（J－10） 一〇〇架
Yak－38 三十二架
Su－27 二十四架
MiG－31 二十架
偵察機 三〇〇架
運輸機 六〇〇架
直升機 四〇〇架
練習機及其他 四〇〇架
防空師團 十六個
高射砲 一萬六〇〇〇門
獨立防空連隊 二十八個
地對空飛彈部隊 一〇〇個

←準軍隊

人民武裝警察（國防部） 一二〇萬人
師團60

←準軍隊

治安機關 二萬五〇〇〇人
海上警察 一〇〇〇人
海關 六五〇人

●軍事資料——②

日本自衛隊戰力資料

總兵力／現役二十三萬八千人　預備役五萬人

←陸上自衛隊——約十五萬人

1方面總監部五個方面隊

戰鬥部隊

機甲師團一個

步兵（普通）科師團十二個（六個各七千人，六個各六千人）

混合團二個

傘兵旅團一個

砲兵（特科）團一個：砲兵群二個

高射砲（高射特科）團二個：高射砲群四個

教育團四個：教育連隊二個

工兵（設施）團五個

直升機團一個

隊戰車直升機連隊六個

［主要裝備］

主力戰車	一一六〇輛	
61式戰車		一四〇輛
74式戰車		八七〇輛
90式戰車		一五〇輛
偵察巡邏車87式	八十輛	
步兵戰鬥車89式裝甲戰鬥車	一〇〇輛	
裝甲兵員運輸車	九五〇輛	
60式		四〇〇輛
73式		三〇〇輛
82式		二五〇輛
牽引砲	五一〇門	
自動砲	三一〇門	

迫擊砲	約一二六〇門（一部分為自動式）
地對艦飛彈88式沿岸防衛用	五十枚
對戰車誘導兵器	六三〇座
63式	二二〇座
79式	二三〇座
87式	一八〇座
無反動砲	三二〇〇門
84釐米U型	二七〇〇門
106釐米（包括60式自動式在內）	五〇〇門

←海上自衛隊—現役四萬三一〇〇人

基地：橫須賀、吳、佐世保、舞鶴、大湊

四個護衛隊群（一個護衛隊群由驅逐艦、和八艘護衛艦所組成）

二個潛水隊群

十個地方隊（一個地方隊由三、四艘護衛隊所編成）

高射砲	九十門（一部分為自動式）
地對空飛彈	
毒刺	三三〇枚
81式	六〇枚
霍克	二〇〇枚
飛機	四九〇架
固定翼	二十架
攻擊直升機AH—IS	九十架
直升機（偵察用、運輸用及其他）	三八〇架

【艦艇、裝備】

潛水艇	十七艘
攻擊型普通潛水艇	十五艘
教育用、特務	二艘

主要水上艦艇	六十二艘
飛彈驅逐艦（護衛艦）	七艘
搭載直升機護衛艦	二十四艘
護衛艦	三十一艘
巡邏艦艇・沿岸戰鬥艦艇	六艘
飛彈艇	三艘
巡邏艇	三艘
機械水雷戰鬥艦艇	三十九艘
機械水雷敷設艦	一艘
掃海艦艇	三十八艘
兩用戰艦艇（運輸艦）	六艘
支援艦艇及其他	十九艘
航空集團（兵員・估計一萬二千人）	
作戰機	一二五架
武裝直升機	一〇〇架
7個航空群	
海上巡邏：十個飛行隊	
P—3C對潛巡邏機	一〇〇架
對潛直升機飛行隊六個	

HSS—2B對潛直升機	六十架
SH—60J對潛巡邏直升機	四十架
機械水雷對策：掃海直升機飛行隊一個	
MH—53E掃海直升機	十架
電子戰：飛行隊一個	
EP—3C	二架
運輸飛行隊一個	
YS—11M	四架
實驗：飛行隊一個	
P—3C	三架
對潛直升機	四架
搜索救難：飛行隊一個	
US—1A救難飛行艇	七架
直升機救難飛行隊三個	
S—61救難・多用途	十架
UH—60J救難直升機	二架
練習：飛行隊五個	
固定翼	九十架
直升機	二十架

←航空自衛隊——四萬四千五百人

作戰機 四四〇架

戰鬥部隊

作戰航空團七個、作戰航空隊一個、偵察航空隊一個、警戒航空隊一個

對地攻擊戰鬥……飛行隊三個

F—1對地支援攻擊戰鬥機 五十架

戰鬥：飛行隊J十個

七個F—15J／DJ戰鬥機 一七〇架

三個F—4EJ戰鬥機 一一〇架

偵察：飛行隊一個

RF—4EJ 二十架

空中早期警戒：飛行隊一個

E—2C 十架

電子戰：飛行小隊一個

C—1 一架

YS—11E 四架

飛行教練機：飛行隊一個

F—15 三架

運輸：飛行隊五個

C—1運輸機 二十架

C—130H運輸機 十架

YS—11運輸機 十架

CH—47J直昇機 十架

B747—400（要人運輸用） 二架

搜索救難．航空救難團一個

固定翼機MU—2 三十架

直升機 三十九架

航空保安管制群一個

航空教育團體鄉……航空團五個飛行隊十個

練習機 一六〇架

連絡機 七十架

防空：航空警戒管制團四個

雷達站 二十八處

地對空飛彈高射群六個

佩特里奧特號 基地防衛群一個	一二〇座
二十釐米火神高射砲、81式短SAM、91式及毒刺地對空飛彈等	

←沿岸警備隊（海上保安廳）——一萬二千人

巡視船艇	約三三五艘
外洋艦艇（一〇〇〇噸以上）	四十八艘
沿岸型船艇（一〇〇〇噸以下）	三十六艘
內海型船艇	二五〇艘
其他船艇	一七〇艘
固定翼機	二十四架
直升機	三十八架

大展出版社有限公司	圖書目錄
地址：台北市北投區11204 致遠一路二段12巷1號 郵撥： 0166955～1	電話：(02) 8236031 8236033 傳真：(02) 8272069

• 法律專欄連載 • 電腦編號 58

台大法學院 法律學系／策劃
法律服務社／編著

①別讓您的權利睡著了[1]	200元
②別讓您的權利睡著了[2]	200元

• 秘傳占卜系列 • 電腦編號 14

①手相術	淺野八郎著	150元
②人相術	淺野八郎著	150元
③西洋占星術	淺野八郎著	150元
④中國神奇占卜	淺野八郎著	150元
⑤夢判斷	淺野八郎著	150元
⑥前世、來世占卜	淺野八郎著	150元
⑦法國式血型學	淺野八郎著	150元
⑧靈感、符咒學	淺野八郎著	150元
⑨紙牌占卜學	淺野八郎著	150元
⑩ＥＳＰ超能力占卜	淺野八郎著	150元
⑪猶太數的秘術	淺野八郎著	150元
⑫新心理測驗	淺野八郎著	160元
⑬塔羅牌預言秘法	淺野八郎著	200元

• 趣味心理講座 • 電腦編號 15

①性格測驗１	探索男與女	淺野八郎著	140元
②性格測驗２	透視人心奧秘	淺野八郎著	140元
③性格測驗３	發現陌生的自己	淺野八郎著	140元
④性格測驗４	發現你的真面目	淺野八郎著	140元
⑤性格測驗５	讓你們吃驚	淺野八郎著	140元
⑥性格測驗６	洞穿心理盲點	淺野八郎著	140元
⑦性格測驗７	探索對方心理	淺野八郎著	140元
⑧性格測驗８	由吃認識自己	淺野八郎著	140元

⑨性格測驗9	戀愛知多少	淺野八郎著	160元
⑩性格測驗10	由裝扮瞭解人心	淺野八郎著	160元
⑪性格測驗11	敲開內心玄機	淺野八郎著	140元
⑫性格測驗12	透視你的未來	淺野八郎著	140元
⑬血型與你的一生		淺野八郎著	160元
⑭趣味推理遊戲		淺野八郎著	160元
⑮行爲語言解析		淺野八郎著	160元

・婦幼天地・電腦編號16

①八萬人減肥成果	黃靜香譯	180元
②三分鐘減肥體操	楊鴻儒譯	150元
③窈窕淑女美髮秘訣	柯素娥譯	130元
④使妳更迷人	成　玉譯	130元
⑤女性的更年期	官舒妍編譯	160元
⑥胎內育兒法	李玉瓊編譯	150元
⑦早產兒袋鼠式護理	唐岱蘭譯	200元
⑧初次懷孕與生產	婦幼天地編譯組	180元
⑨初次育兒12個月	婦幼天地編譯組	180元
⑩斷乳食與幼兒食	婦幼天地編譯組	180元
⑪培養幼兒能力與性向	婦幼天地編譯組	180元
⑫培養幼兒創造力的玩具與遊戲	婦幼天地編譯組	180元
⑬幼兒的症狀與疾病	婦幼天地編譯組	180元
⑭腿部苗條健美法	婦幼天地編譯組	180元
⑮女性腰痛別忽視	婦幼天地編譯組	150元
⑯舒展身心體操術	李玉瓊編譯	130元
⑰三分鐘臉部體操	趙薇妮著	160元
⑱生動的笑容表情術	趙薇妮著	160元
⑲心曠神怡減肥法	川津祐介著	130元
⑳內衣使妳更美麗	陳玄茹譯	130元
㉑瑜伽美姿美容	黃靜香編著	150元
㉒高雅女性裝扮學	陳珮玲譯	180元
㉓蠶糞肌膚美顏法	坂梨秀子著	160元
㉔認識妳的身體	李玉瓊譯	160元
㉕產後恢復苗條體態	居理安・芙萊喬著	200元
㉖正確護髮美容法	山崎伊久江著	180元
㉗安琪拉美姿養生學	安琪拉蘭斯博瑞著	180元
㉘女體性醫學剖析	增田豐著	220元
㉙懷孕與生產剖析	岡部綾子著	180元
㉚斷奶後的健康育兒	東城百合子著	220元
㉛引出孩子幹勁的責罵藝術	多湖輝著	170元

㉜培養孩子獨立的藝術	多湖輝著	170元
㉝子宮肌瘤與卵巢囊腫	陳秀琳編著	180元
㉞下半身減肥法	納他夏・史達賓著	180元
㉟女性自然美容法	吳雅菁編著	180元
㊱再也不發胖	池園悅太郎著	170元
㊲生男生女控制術	中垣勝裕著	220元
㊳使妳的肌膚更亮麗	楊　皓編著	170元
㊴臉部輪廓變美	芝崎義夫著	180元
㊵斑點、皺紋自己治療	高須克彌著	180元
㊶面皰自己治療	伊藤雄康著	180元
㊷隨心所欲瘦身冥想法	原久子著	180元
㊸胎兒革命	鈴木丈織著	180元
㊹NS磁氣平衡法塑造窈窕奇蹟	古屋和江著	180元

・青春天地・電腦編號17

①A血型與星座	柯素娥編譯	160元
②B血型與星座	柯素娥編譯	160元
③O血型與星座	柯素娥編譯	160元
④AB血型與星座	柯素娥編譯	120元
⑤青春期性教室	呂貴嵐編譯	130元
⑥事半功倍讀書法	王毅希編譯	150元
⑦難解數學破題	宋釗宜編譯	130元
⑧速算解題技巧	宋釗宜編譯	130元
⑨小論文寫作秘訣	林顯茂編譯	120元
⑪中學生野外遊戲	熊谷康編著	120元
⑫恐怖極短篇	柯素娥編譯	130元
⑬恐怖夜話	小毛驢編譯	130元
⑭恐怖幽默短篇	小毛驢編譯	120元
⑮黑色幽默短篇	小毛驢編譯	120元
⑯靈異怪談	小毛驢編譯	130元
⑰錯覺遊戲	小毛驢編譯	130元
⑱整人遊戲	小毛驢編著	150元
⑲有趣的超常識	柯素娥編譯	130元
⑳哦！原來如此	林慶旺編譯	130元
㉑趣味競賽100種	劉名揚編譯	120元
㉒數學謎題入門	宋釗宜編譯	150元
㉓數學謎題解析	宋釗宜編譯	150元
㉔透視男女心理	林慶旺編譯	120元
㉕少女情懷的自白	李桂蘭編譯	120元
㉖由兄弟姊妹看命運	李玉瓊編譯	130元

㉗趣味的科學魔術	林慶旺編譯	150元
㉘趣味的心理實驗室	李燕玲編譯	150元
㉙愛與性心理測驗	小毛驢編譯	130元
㉚刑案推理解謎	小毛驢編譯	130元
㉛偵探常識推理	小毛驢編譯	130元
㉜偵探常識解謎	小毛驢編譯	130元
㉝偵探推理遊戲	小毛驢編譯	130元
㉞趣味的超魔術	廖玉山編著	150元
㉟趣味的珍奇發明	柯素娥編著	150元
㊱登山用具與技巧	陳瑞菊編著	150元

・健 康 天 地・電腦編號 18

①壓力的預防與治療	柯素娥編譯	130元
②超科學氣的魔力	柯素娥編譯	130元
③尿療法治病的神奇	中尾良一著	130元
④鐵證如山的尿療法奇蹟	廖玉山譯	120元
⑤一日斷食健康法	葉慈容編譯	150元
⑥胃部強健法	陳炳崑譯	120元
⑦癌症早期檢查法	廖松濤譯	160元
⑧老人痴呆症防止法	柯素娥編譯	130元
⑨松葉汁健康飲料	陳麗芬編譯	130元
⑩揉肚臍健康法	永井秋夫著	150元
⑪過勞死、猝死的預防	卓秀貞編譯	130元
⑫高血壓治療與飲食	藤山順豐著	150元
⑬老人看護指南	柯素娥編譯	150元
⑭美容外科淺談	楊啟宏著	150元
⑮美容外科新境界	楊啟宏著	150元
⑯鹽是天然的醫生	西英司郎著	140元
⑰年輕十歲不是夢	梁瑞麟譯	200元
⑱茶料理治百病	桑野和民著	180元
⑲綠茶治病寶典	桑野和民著	150元
⑳杜仲茶養顏減肥法	西田博著	150元
㉑蜂膠驚人療效	瀨長良三郎著	180元
㉒蜂膠治百病	瀨長良三郎著	180元
㉓醫藥與生活	鄭炳全著	180元
㉔鈣長生寶典	落合敏著	180元
㉕大蒜長生寶典	木下繁太郎著	160元
㉖居家自我健康檢查	石川恭三著	160元
㉗永恒的健康人生	李秀鈴譯	200元
㉘大豆卵磷脂長生寶典	劉雪卿譯	150元

㉙芳香療法	梁艾琳譯	160元
㉚醋長生寶典	柯素娥譯	180元
㉛從星座透視健康	席拉・吉蒂斯著	180元
㉜愉悅自在保健學	野本二士夫著	160元
㉝裸睡健康法	丸山淳士等著	160元
㉞糖尿病預防與治療	藤田順豐著	180元
㉟維他命長生寶典	菅原明子著	180元
㊱維他命C新效果	鐘文訓編	150元
㊲手、腳病理按摩	堤芳朗著	160元
㊳AIDS瞭解與預防	彼得塔歇爾著	180元
㊴甲殼質殼聚糖健康法	沈永嘉譯	160元
㊵神經痛預防與治療	木下眞男著	160元
㊶室內身體鍛鍊法	陳炳崑編著	160元
㊷吃出健康藥膳	劉大器編著	180元
㊸自我指壓術	蘇燕謀編著	160元
㊹紅蘿蔔汁斷食療法	李玉瓊編著	150元
㊺洗心術健康秘法	竺翠萍編譯	170元
㊻枇杷葉健康療法	柯素娥編譯	180元
㊼抗衰血癒	楊啟宏著	180元
㊽與癌搏鬥記	逸見政孝著	180元
㊾冬蟲夏草長生寶典	高橋義博著	170元
㊿痔瘡・大腸疾病先端療法	宮島伸宜著	180元
51膠布治癒頑固慢性病	加瀨建造著	180元
52芝麻神奇健康法	小林貞作著	170元
53香煙能防止癡呆？	高田明和著	180元
54穀菜食治癌療法	佐藤成志著	180元
55貼藥健康法	松原英多著	180元
56克服癌症調和道呼吸法	帶津良一著	180元
57Ｂ型肝炎預防與治療	野村喜重郎著	180元
58青春永駐養生導引術	早島正雄著	180元
59改變呼吸法創造健康	原久子著	180元
60荷爾蒙平衡養生秘訣	出村博著	180元
61水美肌健康法	井戶勝富著	170元
62認識食物掌握健康	廖梅珠編著	170元
63痛風劇痛消除法	鈴木吉彥著	180元
64酸莖菌驚人療效	上田明彥著	180元
65大豆卵磷脂治現代病	神津健一著	200元
66時辰療法——危險時刻凌晨４時	呂建強等著	180元
67自然治癒力提升法	帶津良一著	180元
68巧妙的氣保健法	藤平墨子著	180元
69治癒Ｃ型肝炎	熊田博光著	180元

⑰肝臟病預防與治療	劉名揚編著	180元
⑪腰痛平衡療法	荒井政信著	180元
⑫根治多汗症、狐臭	稻葉益巳著	220元
⑬40歲以後的骨質疏鬆症	沈永嘉譯	180元
⑭認識中藥	松下一成著	180元
⑮認識氣的科學	佐佐木茂美著	180元
⑯我戰勝了癌症	安田伸著	180元
⑰斑點是身心的危險信號	中野進著	180元
⑱艾波拉病毒大震撼	玉川重德著	180元
⑲重新還我黑髮	桑名隆一郎著	180元
⑳身體節律與健康	林博史著	180元
㉑生薑治萬病	石原結實著	180元

•實用女性學講座• 電腦編號 19

①解讀女性內心世界	島田一男著	150元
②塑造成熟的女性	島田一男著	150元
③女性整體裝扮學	黃靜香編著	180元
④女性應對禮儀	黃靜香編著	180元
⑤女性婚前必修	小野十傳著	200元
⑥徹底瞭解女人	田口二州著	180元
⑦拆穿女性謊言88招	島田一男著	200元
⑧解讀女人心	島田一男著	200元

•校 園 系 列• 電腦編號 20

①讀書集中術	多湖輝著	150元
②應考的訣竅	多湖輝著	150元
③輕鬆讀書贏得聯考	多湖輝著	150元
④讀書記憶秘訣	多湖輝著	150元
⑤視力恢復！超速讀術	江錦雲譯	180元
⑥讀書36計	黃柏松編著	180元
⑦驚人的速讀術	鐘文訓編著	170元
⑧學生課業輔導良方	多湖輝著	180元
⑨超速讀超記憶法	廖松濤編著	180元
⑩速算解題技巧	宋釗宜編著	200元
⑪看圖學英文	陳炳崑編著	200元

•實用心理學講座• 電腦編號 21

①拆穿欺騙伎倆	多湖輝著	140元

②創造好構想	多湖輝著	140元
③面對面心理術	多湖輝著	160元
④僞裝心理術	多湖輝著	140元
⑤透視人性弱點	多湖輝著	140元
⑥自我表現術	多湖輝著	180元
⑦不可思議的人性心理	多湖輝著	150元
⑧催眠術入門	多湖輝著	150元
⑨責罵部屬的藝術	多湖輝著	150元
⑩精神力	多湖輝著	150元
⑪厚黑說服術	多湖輝著	150元
⑫集中力	多湖輝著	150元
⑬構想力	多湖輝著	150元
⑭深層心理術	多湖輝著	160元
⑮深層語言術	多湖輝著	160元
⑯深層說服術	多湖輝著	180元
⑰掌握潛在心理	多湖輝著	160元
⑱洞悉心理陷阱	多湖輝著	180元
⑲解讀金錢心理	多湖輝著	180元
⑳拆穿語言圈套	多湖輝著	180元
㉑語言的內心玄機	多湖輝著	180元

•超現實心理講座•電腦編號 22

①超意識覺醒法	詹蔚芬編譯	130元
②護摩秘法與人生	劉名揚編譯	130元
③秘法！超級仙術入門	陸　明譯	150元
④給地球人的訊息	柯素娥編著	150元
⑤密教的神通力	劉名揚編著	130元
⑥神秘奇妙的世界	平川陽一著	180元
⑦地球文明的超革命	吳秋嬌譯	200元
⑧力量石的秘密	吳秋嬌譯	180元
⑨超能力的靈異世界	馬小莉譯	200元
⑩逃離地球毀滅的命運	吳秋嬌譯	200元
⑪宇宙與地球終結之謎	南山宏著	200元
⑫驚世奇功揭秘	傅起鳳著	200元
⑬啟發身心潛力心象訓練法	栗田昌裕著	180元
⑭仙道術遁甲法	高藤聰一郎著	220元
⑮神通力的秘密	中岡俊哉著	180元
⑯仙人成仙術	高藤聰一郎著	200元
⑰仙道符咒氣功法	高藤聰一郎著	220元
⑱仙道風水術尋龍法	高藤聰一郎著	200元

⑲仙道奇蹟超幻像	高藤聰一郎著	200元
⑳仙道鍊金術房中法	高藤聰一郎著	200元
㉑奇蹟超醫療治癒難病	深野一幸著	220元
㉒揭開月球的神秘力量	超科學研究會	180元
㉓西藏密教奧義	高藤聰一郎著	250元

・養 生 保 健・電腦編號 23

①醫療養生氣功	黃孝寬著	250元
②中國氣功圖譜	余功保著	230元
③少林醫療氣功精粹	井玉蘭著	250元
④龍形實用氣功	吳大才等著	220元
⑤魚戲增視強身氣功	宮　嬰著	220元
⑥嚴新氣功	前新培金著	250元
⑦道家玄牝氣功	張　章著	200元
⑧仙家秘傳袪病功	李遠國著	160元
⑨少林十大健身功	秦慶豐著	180元
⑩中國自控氣功	張明武著	250元
⑪醫療防癌氣功	黃孝寬著	250元
⑫醫療強身氣功	黃孝寬著	250元
⑬醫療點穴氣功	黃孝寬著	250元
⑭中國八卦如意功	趙維漢著	180元
⑮正宗馬禮堂養氣功	馬禮堂著	420元
⑯秘傳道家筋經內丹功	王慶餘著	280元
⑰三元開慧功	辛桂林著	250元
⑱防癌治癌新氣功	郭　林著	180元
⑲禪定與佛家氣功修煉	劉天君著	200元
⑳顛倒之術	梅自強著	360元
㉑簡明氣功辭典	吳家駿編	360元
㉒八卦三合功	張全亮著	230元
㉓朱砂掌健身養生功	楊　永著	250元
㉔抗老功	陳九鶴著	230元

・社會人智囊・電腦編號 24

①糾紛談判術	清水增三著	160元
②創造關鍵術	淺野八郎著	150元
③觀人術	淺野八郎著	180元
④應急詭辯術	廖英迪編著	160元
⑤天才家學習術	木原武一著	160元
⑥貓型狗式鑑人術	淺野八郎著	180元

⑦逆轉運掌握術	淺野八郎著	180元
⑧人際圓融術	澀谷昌三著	160元
⑨解讀人心術	淺野八郎著	180元
⑩與上司水乳交融術	秋元隆司著	180元
⑪男女心態定律	小田晉著	180元
⑫幽默說話術	林振輝編著	200元
⑬人能信賴幾分	淺野八郎著	180元
⑭我一定能成功	李玉瓊譯	180元
⑮獻給青年的嘉言	陳蒼杰譯	180元
⑯知人、知面、知其心	林振輝編著	180元
⑰塑造堅強的個性	坂上肇著	180元
⑱爲自己而活	佐藤綾子著	180元
⑲未來十年與愉快生活有約	船井幸雄著	180元
⑳超級銷售話術	杜秀卿譯	180元
㉑感性培育術	黃靜香編著	180元
㉒公司新鮮人的禮儀規範	蔡媛惠譯	180元
㉓傑出職員鍛鍊術	佐佐木正著	180元
㉔面談獲勝戰略	李芳黛譯	180元
㉕金玉良言撼人心	森純大著	180元
㉖男女幽默趣典	劉華亭編著	180元
㉗機智說話術	劉華亭編著	180元
㉘心理諮商室	柯素娥譯	180元
㉙如何在公司頭角崢嶸	佐佐木正著	180元
㉚機智應對術	李玉瓊編著	200元
㉛克服低潮良方	坂野雄二著	180元
㉜智慧型說話技巧	沈永嘉編著	元
㉝記憶力、集中力增進術	廖松濤編著	180元

•精 選 系 列• 電腦編號25

①毛澤東與鄧小平	渡邊利夫等著	280元
②中國大崩裂	江戶介雄著	180元
③台灣•亞洲奇蹟	上村幸治著	220元
④7-ELEVEN高盈收策略	國友隆一著	180元
⑤台灣獨立	森 詠著	200元
⑥迷失中國的末路	江戶雄介著	220元
⑦2000年5月全世界毀滅	紫藤甲子男著	180元
⑧失去鄧小平的中國	小島朋之著	220元
⑨世界史爭議性異人傳	桐生操著	200元
⑩淨化心靈享人生	松濤弘道著	220元
⑪人生心情診斷	賴藤和寬著	220元

國家圖書館出版品預行編目資料

兩岸衝突 新・中國－日本戰爭(二)／森詠著，林雅倩譯
——初版——臺北市，大展，民 86
面； 公分——（精選系列；14）
譯自：新・日本中國戰爭(第二部)中台激突
ISBN 957-557-774-4 (平裝)

861.57 86014012

兩岸衝突新・中國－日本戰爭(二) ISBN 957-557-774-4

原著者／森 詠
編譯者／林 雅 倩
發行人／蔡 森 明
出版者／大展出版社有限公司
社 址／台北市北投區（石牌）致遠一路 2 段 12 巷 1 號
電 話／(02) 28236031・28236033
傳 真／(02) 28272069
郵政劃撥／0166955—1
登記證／局版臺業字第 2171 號
承印者／國順圖書印刷公司
裝 訂／嶸興裝訂有限公司
排版者／千兵企業有限公司
電 話／(02) 28812643
初版1刷／1997 年（民 86 年）11 月

定 價／220 元

大展好書 好書大展

大展好書 好書大展